本一冊で事足りる異世界流浪物語

結城《YUKI》絡繰《KARAKU》

主な登場人物
????
漆黒の鎧を纏《まと》う謎の巨人。
物理攻撃にも魔法攻撃にも
強い耐性を持つ。
ミササギ・リョウ
異世界に転生した読書好きな高校生。
万物を具現化できる「無限召喚本《チート》」を手に、
世界中に散らばった〈神製の本〉を
回収する旅に出る。
トエル・ルディソーナ
エルフと獣人のハーフの美女。
魔物に捕らわれていたところを
ミササギに救われる。
神様
神様の異世界での姿。
いつも唐突に出現し、ミササギに
余計な（?）アドバイスを与える。

ハンター
迷宮に迷い込んだ冒険者を
執念深く追跡する化け物。
シャマール
悪どい貴族を護衛する優秀なパーティの
一員。強力な索敵スキルを持つ。
アルバート・ラウーヤ
数えきれないスキルと称号を
持つ歴戦の戦士。
アンガス
廃墟の古城をねぐらにする盗賊団の頭《かしら》。
残虐な性格の持ち主。

1　趣味は人を生き返らせる？

突飛《とっぴ》な出来事は、ある日突然起こった。

その日、貯め込んでいたバイト代でずっと読みたかった本を大人買いした俺の気分は最高で、家まで待てずに、買ったばかりの本を読みながら歩いていたんだ。

今思えば、人生最大のミスだった。

そのせいで、交通事故に遭って死ぬことになったのだから。

これで俺の人生は潰《つい》え、何もかも終了したはずだった。

しかし、俺は生きている。

正確に言うと、意識だけはしっかりとあって、目の前にトラックが迫ってきたところまでは記憶している。状況から考えれば、死んだと考えるのが妥当なのに……

深い霧に包まれた空間の中、俺を呼ぶおかしな声に気がついた。

「ねえ、君は読書好きなんでしょ？　僕も本が好きなんだよねー」

語尾に音符マークでも付きそうな口調。

放っておけば歌い始めるのではないかと思えるほどに楽しそうなその声は、どうやら俺に質問しているらしい。

「……は？」

「いや、だから君も読書好きなんでしょ？　本はいいよねぇ、未知の世界に連れて行ってくれるところとか……」

わずかに見えるようになってきた俺の目に映る人物が、勝手に語っている。

まあ、読書好きなのは否定しないが……

いやいや、それは置いておくとして、目を開けたら、こいつはいきなり話しかけてきたのだ。非常識というか失礼というか、いろいろおかしいんじゃないだろうか。

まあいいや、聞きたいことは山ほどある。まずはひとつ確認しておこう。

「お前は……？」

「ん、僕？　僕は神様だよ」

神様と名乗ったそいつの性別は女である。

一人称が「僕」なのは、よく分からないが、たぶん「僕《ぼく》っ娘《こ》」ってやつじゃないかな。

見た目は、身長は一六〇センチあるかないかというあたりで、黒髪で瞳も黒。やや大きめのダッフルコートを揺らして胸を張っている。

「神様？　ふざけてないで真面目に答えろよ」

俺の怒声に一瞬だけ目を丸くした少女は、愉快そうに笑いながら話し出した。

「まあ、信じられないよね。でも、僕は本当に神様なんだ。いくつもの次元にある世界のうち、一部の領域を管理してるんだよ。たとえば、進みすぎた文明を天災で滅亡させたり、争いが絶えない世界には救世主を派遣したりしてね」

はぁ、頭が痛い。面倒だからこいつの話すことは信じるスタンスでいこうか。そのほうが楽だ。それにしても、こいつの言うことが正しければ、異世界というものはあるらしい。

本の中の空想に過ぎないと思っていたが、実際にあるとなるとテンションが上がるな。

「信じてくれてありがとう！　確かに君がいた世界以外にも、たくさんの世界が存在しているよ。君の世界は比較的、平和だったみたいだね」

口に出していないことにまで神様は答えてくれた。

どうやらこいつは、俺の心が読めるようだ。

これが神様ってやつの能力ってやつなのか。じゃあ、試しに心の中で問いかけてみよう。

俺は死んだはずなんだが、どうして生きてるんだ？

「それはねぇ、ズバリ！　僕の気まぐれだよー。僕と同じくらいの読書好きが、あんな風にあっけなく死んでしまうのは悲しくてね。つい、霊体だけ抜き出してきちゃったんだよ」

え？　何言ってるんだこいつは。ちゃんと体があるじゃないか……って、よく見ると俺の体は、青白かった。さらに膝から下は曖昧《あいまい》な感じになっている。この状態なら簡単に心霊写真が作れそうだ。

「君の肉体はバラバラになったからね。霊体しか持ってこれなかったんだ」

「まあ、今は体のことなんてどうでもいい。気まぐれでもなんでもいいが、呼び寄せたってことは、俺に何か用があるんじゃないのか？」

肉体がないことは全然良くないんだが、とりあえず今は、俺がここにいる理由を知りたかった。死んだ人間をわざわざ連れてくるくらいなのだ。何かそれ相応の訳があるのだろう。

「よく分かったね！　そうなんだよ。これから君には、あるお願いをしようと思うんだ。そのためにまず、君を生き返らせる。その後に僕の担当世界のひとつに行ってもらう。誰に行ってもらっても良かったんだけど、ちょうど読書好きな人間が事故死したってことで、君を選んだんだよ」

聞きたいことが増えてしまった。

生き返らせるって簡単に言ったが、神様というやつだからそんなことまでできてしまうのだろうか。それに読書好きだから選んだ？　全く論理が分からない。やはりこの神様、説明不足で色々と怪しい。

そう思っていると、神様が少しショックを受けたような顔をして、何やら説明を始めた。

「怪しくなんてないよー。それで、お願いの内容なんだけど、ちょっとした手違いで〈神製《かみせい》の本〉というものを、とある世界に落としてしまったんだ。君にはその本の回収を頼みたいと思うんだ」

そう言って、神様はヘラヘラ笑っている。ちょっとイラッとした俺は神様の肩を叩こうとするが、俺の手は神様の体を貫通してしまった。その状態のまま、神様は話し続ける。

「無駄だよー。今の君は霊体なんだから。まあ、そういうわけでよろしくね。詳しい説明は後でするよ。では、さっそく異世界にGO！　グッドラック！」

いや、グッドラックじゃねえよ！　ていうか、お前のミスのためになんで俺が……って、あれ、だんだん意識が遠のい……て……き……た……

「ふふ、同じ読書家として、君には期待してるよ――」

◇◆◇◆◇

「ん？　ここは――」

目を開くとそこには、鬱蒼《うっそう》とした森が広がっていた。

地面に横たわっていた体をゆっくりと起こす。

どうやら本当に、異世界とやらに飛ばされてしまったらしい。

何故それが分かるのかというと、さっきからやたらテンションの高い声が脳に直接響いてくるからだ。

『やっほー、やっと起きた？　ここは異世界だよ。僕の声が聞こえる？　聞こえたら右手を上げてほしいなぁ』

俺は、黙って右手を上げた。

『ん、ありがとー。それじゃあ、さっきのお願いについて詳しい説明をしていくよ。ちゃんと聞いててねー。まず、君にはこの世界を旅して様々な経験を積んでもらうよ！　君がいた世界とは、だいぶ違うからねー。今の君なんて僕の〈神製の本〉に見つかれば、あっという間に殺されちゃうだろうなあ。せっかく生き返ったのに、またすぐ死ぬなんて嫌でしょ？　僕としても気分が悪いしねー』

ちょっと待て。〈神製の本〉に殺されるってどういうことだ。本が噛みついたりしてくるのかよ。

なんて、心の中で笑っていたら、また脳に声が響く。

『んー、噛みついてはこないけど、襲ってくることはあるよー。まあ、そのことについては今度話すよ』

頭を掻いて苦笑する神様の姿が目に浮かぶ。

ここでも俺の心が読めるのなら、なんで手を上げさせたんだよ。それに、「今度」とか「後で」とか、やたら説明を先送りにしてくるが、そんなにテキトーでいいのだろうか。

『大丈夫、大丈夫。とにかくある程度実力がついてきたら、本格的に〈神製の本〉を探しに行こう！　それから、他に伝えなきゃいけないことは……そうだ！　君の新しい体は、神製だからねー』

………って、説明終わり!?　絶対にもっと必要だろ！

あまりのいい加減さに思わずツッコミを入れる。

『お、ごめんねー。〈神製の体〉っていうのは、その名の通り神様こと僕が造った体のことなんだ。〈神製の本〉も同じようなものだね。これは自慢だけど、その体にはいろんな機能があるんだ。いちいち説明するには多すぎるから、主に使うと思う機能について説明していこうと思うんだけど……』

神様の話はだらだらと続いたので、簡単に要約する。

まず、〈神製の体〉の身体能力。

これには俺も驚いた。まさか一発殴っただけで岩が砕けるとは思わなかった。前世の肉体とは比べものにならないほど強い。

次に、神製の眼だ。〈神製の体〉の能力のひとつなのだが、この眼で、ステータスを見ることができる。ＲＰＧとかによく出てくるアレだ。

試しに自分のステータスを確認してみると、こんなものが見えた。

／／／／／／／／／／／／／／／／／／／／／／

【名前】陵陵〈ミササギ　リョウ〉
【職業】異世界放浪者Lv0
【年齢】17

【所有能力《ユニークスキル》】〈神製の体〉〈万物を貪《むさぼ》る常識外の本〉〈無から有を生み出す引用〉

\\\\\\\\\\\\\\\\\\\\\\\\\\

前世での俺の名前は、陵陵《みささぎりょう》である。

はっきり言って嫌がらせだ。俺の両親に悪意があったとしか思えない。こんな名前のせいで小さい頃はよくからかわれた。まあ、今はそこまで気にしていないが。

年齢も十七であっているし、職業が異世界放浪者になっているのにもなんとなく納得がいく。レベルというのも気になるが、今はスルーしよう。

問題は、所有能力《ユニークスキル》の欄だ。

なんだこの〈万物を貪《むさぼ》る常識外の本〉と〈無から有を生み出す引用〉という厨二感《ちゅうにかん》あふれる能力は。もう少しマシな名称にならないのか？

『君も面白い能力を獲得したねー。んー、ちょっと待っててね。……ふむふむ、ミササギ君、まずは本を出したいですって念じてみようか』

少し間を置いて、神様から指示を受けた。

言われた通り、本を出したいと念じてみる。

すると、何もない空間からいきなり古ぼけた本が落ちてきた。使い込まれた感はあるが丈夫そうで、革表紙の装丁も洒落《しゃれ》ている。一目でなんだか気に入ってしまった。

『気に入ってくれてよかったよー。それで、その本の使い方はいろいろあるんだけどさー……』

ここの説明も長かったので要約すると……

① 生き物、もしくは他人の所有物以外の収容
② 収容した物の放出
③ 自己ステータスの書き換え
④ 他の本の吸収

①の能力は簡単に言えば、本がアイテムボックスになるということだ。収容したものは本に記載されていくらしい。
ただし、生き物や他人の所有物は収められない。だったら万物という名は詐欺《さぎ》ではないだろうか。そう尋ねてみたが、字面がかっこいいからOKらしい。

さっそく、さっき〈神製の体〉を試したときに砕いた岩を収容してみる。すると、岩は本に吸い込まれていき、跡形もなく消失した。

恐る恐る本を開いてみると……

・岩（破片）

と、白いページに一言だけ書かれている。おお、これは便利だな。これからは、重い荷物を持たなくて済みそうだ。

②の能力は、①とは逆に取り出す能力らしい。取り出し方は文字を指でなぞるだけ。実際にやってみると、見事にさっき収容した岩が出てきた。

③の能力はそのままだ。最初のページに俺のステータスが載っていて、変更したい箇所をなぞり、どんな風に書き換えたいかを念じれば、変えることができる。

しかし、そうやって記載されている職業を変えても能力は変わらないし、年齢を変えても老けたり若返ったりはしないらしい。あくまで表面上のプロフィールが変わるだけである。

とりあえず「異世界放浪者」なんて職業は目立ちそうなので、「旅人Lv３」に変えて、ついでに名前を「ミササギ」に書き換えておいた。旅人のレベルを３にしたのには特に意味はない。

④は、神様曰くかなり重要らしい。これは、この本に他の本を吸収させて、その内容を記録するという能力。つまり、本を吸収し続ければ、歩く図書館になれるということだ。

とりあえず、俺が死ぬ前にまとめ買いした本を神様から餞別《せんべつ》として持たされていたので、それらをすべてこのチート本に吸収させてみた。

本を開いてみると、次のメッセージが表示された。

・読みたい本を選んでください

その下には、今吸収したばかりの本の題名が書かれてあった。とりあえず一つのタイトルを選んでみると、内容が表示される。

これで本が読めるらしい。ちなみに本を選択する場合は、基本念じるだけでいいみたいである。なんとも便利な機能だ。

さて、俺のステータスの話に戻るが、三つ目の能力である〈無から有を生み出す引用〉は、はっきり言って反則だ。この能力は、チート本の能力で吸収した本から文字を引用し、それを具現化するというものである。

使い方は簡単。引用したい文字を指でなぞるだけ。なぞった箇所が赤文字になり、後は俺が念じればそれを物体として出現させることができる。

説明のみでは分かりづらいので、とりあえずやってみよう。

まず一覧から料理本を選び、「ピザ」の文字をなぞる。文字が赤くなったので、具現化と念じてみると、目の前に温かそうなピザが出現した。

空腹だった俺は、さっそくそれを口に運ぶ。

うん、普通に美味しい。

気分が良くなった俺は、黙々とピザを食べ続けた。

『でしょ？　君の能力はかなり優遇されているほうだと思うよ。まあ、お腹も膨れたと思うし、そろそろ出発しよ……ん？　どうしたの？』

食事の手が止まり、食べかけのピザが手から落ちる。

俺の呼吸が不自然に乱れたのを察した神様が尋ねてきたが、俺は返事どころか指一本動かせないでいた。

なぜなら、俺の目の前には二メートルを優に超える巨体の鬼がいたからである。

2　始まった流浪

「え……どうすんの？　これ……」

目の前にいるのは、ゲームなどで一般的にオーガと言われているやつではないだろうか。いやいや、絶対無理。普通に殺されるだろ。

俺がバケモノを前に慌てているにもかかわらず、神様は呑気なアドバイスをしてくる。

『あぁ、オーガだね。まあ、能力を使うまでもないよ。その体ならね』

そんなこと言われても、こんなバケモノに勝てるとはとても思えない。この場からすぐに逃げ出したくなったが、震える足が全く言うことを聞いてくれなかった。

「く、くそっ。動けよ……」

そうこうしているうちに、オーガが攻撃してきた。右手に持った柱のような棍棒《こんぼう》を思いっきり振り下ろしてくる。

頭部への直撃を避けたかった俺は、咄嗟《とっさ》に左手を上げて防ごうとした。

腕に伝わる大きな衝撃。あ、これは骨が折れるどころじゃないな。

そう覚悟するが、結果は予想と全く違うものとなった。

なんと、俺の左手にぶつかった棍棒が真っ二つに折れてしまったのだ。

『ほらね。大丈夫でしょ。今度は君から攻撃してみなよ』

神様からそう言われ、俺は無我夢中でオーガに向かって拳を叩きつけた。構えも何もないただのパンチだったが、拳からオーガの体が破壊されていく感触が伝わってくる。

周囲に破裂音が響き、オーガの肉体の一部が爆散した。腹に大きな穴が空いたオーガは、その場にゆっくりと崩れ落ちる。

肩で息をしながら、俺はその光景を眺めていた。

『おっ、クリティカルヒットだね！　今のは運が良かっただけって感じだけど、初めての戦闘にしてはなかなか良かったよ。じゃ、気を取り直して出発しよう』

そして神様からあたかも当然のように出発を促されたが、状況がさっぱり分からない。すかさず俺はツッコミを入れた。

「おい、神様。そもそもここ何処《どこ》だよ」

『えーと、分かんない。僕も割とテキトーに君を飛ばしたからね。まあ、オーガの出る森ってことは人のいる町からそこそこ遠い場所かな。たぶん東に向かって歩けばいいと思うよー』

テキトー過ぎる。こいつ本当に、俺に〈神製の本〉を探させる気があるのだろうか。

とはいえ、頼れるのはこいつしかいないので、町に着くまでの間、俺はこの世界についていろいろなことを聞いてみた。

まずこの世界は、剣と魔法のファンタジーな世界らしい。そして、先ほどオーガが出てきたように、魔物という存在もいるそうだ。

あと、ステータスを見たときから思っていたが、レベルの概念もあるらしい。この世界のレベルはゲームなどに出てくるシステムと同じようなもので、経験値を得ることで上がっていき、レベルが上がれば能力も上がる。

それと、条件を満たせばステータス欄に「職業」というものが追加される。レベルというのも、正確にはこの職業ごとのレベルを指しているのだそうだ。

獲得した職業は多種多様の補正によって肉体を強化する。つまり、上手く条件を満たし複数の職業を手に入れれば、その分だけ強くなれるという寸法だ。

しかし、神様によると俺はそれができないらしい。「異世界放浪者」が固定職扱いであるのが原因とのこと。どうせならファンタジー世界ならではの「戦士」や「魔法使い」などになりたいと思っていたので残念だ。それに一つしか職業を持てなかったら、他の人と比べるとずいぶんと不利になるんじゃないだろうか。

『いや、異世界放浪者は他の職業なんかより圧倒的に強いよ。レベルアップによる能力上昇率は一番高いし、他にも面白い「スキル」を覚えられるしね。重複できなくても充分だよ』

神様によると、そんなこともないらしい。

そして、今の説明から考えると、スキルという概念も存在するようだ。

本当にゲームの世界だな。

ちなみにスキルというのは、主に職業レベルの上昇によって得ることのできる能力や技のことである。特定の行動によって「獲得」でき、「発動」させることで様々な恩恵を受けられるようだ。

ただ、便利な能力になるほど取得が難しく、獲得率は個人の才能に依拠《いきょ》しているので、スキルそのものに希少価値があるそうだ。ステータスの所有能力《ユニークスキル》というのも、その一種なのだとか。

なので、所有能力《ユニークスキル》の欄を目を凝《こ》らして見てみると……

〈神製の体〉　身体能力及び筋力の強化。各体内器官の強化
　　　　　　スキル獲得率上昇
〈万物を貪《むさぼ》る常識外の本〉　異次元収納。自己能力隠蔽《いんぺい》。本の吸収
　　　　　　所有者の知識の吸収、能力化。所有者への知識還元
〈無から有を生み出す引用〉　文字の具現化

＝＝＝＝＝＝＝＝＝＝＝＝＝＝＝＝＝＝＝＝

おぉ、すごい。スキルの詳細が見られた。

神様によると、俺の能力はまだ生まれたばかりで弱く、これから経験を積んでいくことで強化されていくらしい。今でこの強さなのに、さらに強くなるのか。

本の能力の後半部分がややこしいが、要は普通の人と比べて、スキルや称号もガンガン獲得できるようになっているのだそうだ。本にあるまじき利便性である。

まあ、俺にとってはメリットでしかないことなので、それだけ分かれば十分だろう。世界の法則にいちいちケチを付けていたらキリがない。

そんな感じで神様にいろいろ聞きながら歩くこと数時間。途中で休憩を挟みながら進み、翌日には町に到着できた。

通りはそこそこ賑わっており、人の往来が激しい。

どこから見て回ろうかと考えていると、突然、頭の中に声が響いた。

『ちゃんと町に着いたみたいだね。じゃあ、そろそろ僕は仕事に戻るよ。君ばかり見ているわけにはいかないからね。じゃあ、頑張ってねー』

そこで声は途切れて聞こえなくなった。唐突な別れだったが、別に驚いていない。アイツは常にこんな感じだったし。

最後までテキトーなやつだったな。しかし、なんだかんだ言っても生き返らせてもらったので一応感謝している。〈神製の本〉もちゃんと見つけてやろうかな。まあ、しばらくの間は、レベルアップと異世界の探索を優先するが。

意気揚々と町へ繰り出す。

町の中は活気にあふれていた。しかし、周りの目線がおかしい。なにやら俺のことをジロジロ見てくるのだ。

不思議に思ったが、自分の格好を見てその理由が分かった。

今の俺の服装は上が紺色のパーカーで、下はカーキ色のカーゴパンツ。これは俺が前世で着ていた服そのままだ。

それに対して周りの人たちは、鎧や甲冑《かっちゅう》を身につけていたり、ブカブカのローブを着て自分の背丈ほどの杖を持っていたりと、ファンタジー世界らしい身なりをしている。あとは、布の服を着た村人もいた。

目立ちたくないので、俺は慌てて路地裏に入った。もしかしたら、俺の能力で服が出せるのではないか？　と思ったからだ。しかし、そんなことをしている余裕はないらしい。〈神製の体〉である俺の鋭敏な耳は、路地裏の奥から聞こえてきた僅かな息遣いを聞き逃さなかった。

（ったく、いきなり運が悪いな……）

振り返るとそこには、いかにも悪人という感じの男たちが五人ほどいた。とりあえず一番前にいる男のステータスを見てみる。

//////////////////////

【名前】ビル
【職業】盗賊《シーフ》Lv11　盗人Lv7　戦士《ウォーリア》Lv6
【年齢】31
【称号】〈悪逆非道《あくぎゃくひどう》〉

ステータスは見えても、スキルの項目は見えなかった。スキルは自分のものしか見ることができないのかもしれない。その代わりに「称号」という項目が見えた。悪逆非道？　よく分からないが、名前からしてよいものではなさそうだ。

　この男は三つも職業を持っていた。一般的にいくつ職業を持っているものなのか知らないが、こいつはそこそこ強いのではないだろうか。その証拠に、男の後ろにいる男たちは、多くても二つしか持っていない。きっとこの男がリーダーなのだろう。

　リーダーの見た目は、身長が二メートルほどの大男でがっしりとした体格。武器は馬鹿でかいサーベルのようだ。革鎧には、大量の黒いシミが付いていたが、おそらく返り血だろう。そんな物騒なやつが俺に向かって話しかけてくる。

「よう、坊主。ここはお前みたいなガキが出歩いていいようなところじゃねぇぞ。俺たちが安全な通りまで送ってやるよ」

　リーダーの言葉に合わせて、他のやつも下品に笑い出した。

　そんな男たちの様子に、冷ややかな視線を返す。

　通りはすぐ後ろに見えてるし、お前らに送ってもらうわけないだろ。そんなことを思いながら、俺は腰から、銃を抜く。

実はこの町に来るまでの間に、俺は自分の所有能力《ユニークスキル》の一つである〈無から有を生み出す引用〉の凄さを思い知っていた。これは本に書いてある文字を具現化するという能力だが、前世から持ってきていた多種多様な本でいろいろ試してみたのだ。

ちなみに、今俺の手に握られている銃は、ミリタリー雑誌から引用したものである。俺の体には〈神製の体〉のおかげで数多くの補正があり、初めて使う銃であっても不思議と扱えてしまうらしい。

念のために、予備の弾も引用で具現化しポケットに入れてある。

そんな俺を、リーダーはニヤニヤしながら見下ろしていた。

「なんだよ、そのショボい杖は？　そんなもんを使って発動させる魔法なんざ、たかが知れてい……」

男の言葉を無視して引き金を引く。

静かな発砲音がして、リーダーはその場に崩れ落ちた。

驚いたように見開かれた目。額には赤い穴が空いている。

俺がチート本から引用した銃は、小型の短機関銃《サブマシンガン》だ。それも、消音器付きの優れものである。眼を凝らせばうっすらと十字の照準《レティクル》が見えたので、頭を撃つのは簡単だった。さすが神製の眼だ。細かいところで役に立つ。

「これは、杖じゃないし。……なんて言っても、お前らには分からねえよなぁ」

ぼそりとそう呟いた俺を見て、盗賊どもは青い顔をして震えていた。しかし、残り四人のうち二人がいきなり突っ込んでくる。

きっとあまりの恐怖に正気を失ったんだろう。ていうか、加速が異常に速くないか？　あぁ、これが「職業補正」というやつか。

そう考えながらも俺は、冷静に短機関銃《サブマシンガン》の設定をセミオートからフルオートに切り替え、二人に向けて発砲した。静かな空気音が連続で鳴り響き、地に崩れ落ちる死体が一人増えた。……一人？

なんと、もう一人はギリギリで弾の軌道を見極めて避けたらしい。

よく見るとこいつの職業は「盗賊《シーフ》」と「暗殺者《アサシン》」だった。

異常なスピードの原因はこれか。もっとも、肩を押さえているので、完全には避けきれなかったようだが。

男が短剣を手に迫ってくる。俺は多少油断していたため、この時、すでに銃を下ろしていた。この速さで来られると、間に合わないか。

そこで俺は、銃とは反対の腰に提げていた得物《えもの》を手に取った。そして、それを目の前の男に振り下ろす。

一瞬早く俺の攻撃が当たり、頭蓋骨を砕かれたそいつはその勢いのまま地面に激突した。頭は完全に砕け、元の顔が分からないほどになっている。少しやりすぎたか。

自身の怪力さ加減に改めて苦笑する。

右手には短機関銃《サブマシンガン》、左手に鉄挺《かなてこ》を持った俺は、他人にはどんな風に映っているのだろうか。

……うん、ただの殺人鬼だな。

この鉄挺《かなてこ》は短機関銃《サブマシンガン》と同様に道中で引用したもののひとつだ。引用元は推理小説。使い勝手が良いため、腰に装備していた。

さあ、残り二人だ。さっさと始末しよう。

完全に悪人なセリフを心の中で呟きながら、俺は慌てて隠れようとしていた盗賊に向かって銃を乱射した。無様《ぶざま》なダンスを踊ってそいつは事切れる。残り一人。

と思っていたら、すごい速さで最後の盗賊が逃げ出した。慌てて銃を向けて引き金を引いたが、カチカチと音が鳴るだけ。どうやら弾切れらしい。この距離だと鉄挺《かなてこ》は使えない。そこで、俺はもしものための策、その二を使うことにした。

逃げるそいつに向かって本を開く。ある文字を指でなぞりながら。

すると、本から何かが飛び出し、盗賊の背中に突き刺さった。

近くの壁に飛び散る真っ赤な鮮血。

バランスを崩し、走る勢いのまま地面を転がっていく盗賊は見ていて滑稽《こっけい》だった。

あれ、俺が悪役みたい。

かすかなうめき声が聞こえた。盗賊はギリギリ生きているようだ。だが、放っておけば死ぬのは確実なので、さっさと楽にしてやろう。鉄挺《かなてこ》を大きくバックスイングして振り抜き、盗賊の側頭部を吹き飛ばす。盗賊の背中には大量の木片が突き刺さっていた。

町までの移動中、俺はある実験をしていた。チート本をアイテムボックス代わりに扱えるのは知っていたが、ふと疑問に思ったことがあったのだ。

収容したものを勢いよく出すことは可能なんだろうか？

試しに殺したオーガが持っていた棍棒の破片を本で吸収し、勢いよく飛び出すようにイメージして出してみると……

実験結果は大成功。はっきり言って固定砲台だ。

チート本から発射すれば、大概のものは武器になることが分かったので、本の中に木片の他にも石などの弾を大量に入れておくことにした。不意打ちで大いに役立ってくれるだろう。ちなみにこの本の容量は無制限らしい。さすがチート本。


【称号〈単独殺戮《さつりく》者〉〈断罪者〉を獲得しました】


ん？　変なメッセージが聞こえてきた。そしてなんか獲得した。

俺が首を傾げていると、もはやおなじみの声が聞こえてきた。

『おっ、称号を獲得したんだねー。しかも、超レアなやつじゃん！　さすがミササギ君だねー』

また唐突な出現だな、神様。さっきので最後の別れだと思っていたんだが。

〈断罪者〉というのは、きっと盗賊という犯罪者を殺したから獲得したのだろう。しかし、この二つの称号はどちらも目立ちそうだから、隠しておいたほうがいいかもしれない。俺はチート本に記載されている自分のステータスを偽装した。

そして、盗賊たちの持ち物を奪い、その中から比較的清潔な感じのコートを身に着けた。脱いだパーカーは本に収納する。ズボンはサイズがちょうど良いものがなかったため諦めた。とりあえず、これで目立つことはないいんじゃないかな。

『称号は基本的に持ってて損はないから、なるべく変わったことをしてみるのをおすすめするよ。それじゃあねー』

称号とは、特定の条件を満たせば手に入るらしい。わざわざそれを伝えるために来たのか。とりあえず、手に入れた二つの称号の詳細を見てみる。

【称号〈単独殺戮者《さつりく》〉】
単独戦闘時に発動可能。自身の身体能力を上昇させる
上昇率は敵の数に左右される

【称号〈断罪者〉】
戦闘時、敵対者が犯罪者である場合に発動可能

自身の攻撃力を上昇させる
上昇率は今までに殺した犯罪者の数と相手の凶悪度に左右される

確認すると、どちらの称号も限定的な場面でのみ有効なようだ。特に後者は殺した犯罪者に応じてその真価を発揮するらしいので、これからは犯罪者を狙って積極的に行動してみようか。

何事もなかったかのように通りから出ると、数人の男がこちらに近寄ってきた。

たぶん、俺が殺した盗賊の仲間だ。なるほど、俺が逃げてきたら挟み撃ちするつもりだったのか。男たちを観察したが、どいつもあのリーダーより弱い盗賊ばかり。

せっかくなのでこいつらの作戦に乗ってやろう。俺は後ずさりして先ほどまでいた路地裏に戻る。

それを見た男たちは俺の後を追って路地裏に入ってきた。その直後、盗賊たちは驚愕し固まってしまった。

まず、血の匂いが原因だと思う。むせ返るほどに濃厚な死の香り。

次に男たちの視界に映ったのは俺が作った死体。五体ある死体のうち、顔の判別が可能なのは額に穴が空いた彼らのリーダーだけだった。

「おい」

俺の呼びかけに反応してこちらを向いた男たちに銃を構える。さっきの戦闘が終わった時に弾丸の補充は済ませてある。

俺は躊躇《ちゅうちょ》なく引き金を引いた。

【称号〈単独殺戮《さつりく》者〉〈断罪者〉を発動しました】

盗賊たちが見た最後の光景は、銃口から覗くまばゆい閃光だったに違いない。

3　変わらない趣味

「うーん、血生臭《ちなまぐさ》い。こういうものは早く片付けないとね」

路地裏に新たな死体を量産してしまった。

まあ、全部盗賊だけど。理由なき殺人は論外だが、今回の殺人に関しては正当防衛です。武装した怖いお兄さんたちに囲まれたら、反撃しても仕方ないよね。

俺だって無益な殺生は好まないのだ。

哀れな盗賊たちの末路を再度眺めつつ肩を竦《すく》める。

【スキル〈乱射〉〈頭部射撃《ヘッドショット》〉を獲得しました】

おぉ、スキルを手に入れた。一連の戦いで短機関銃《サブマシンガン》を使っていたのが要因らしい。それぞれの効果はこんな感じだった。

【スキル〈乱射〉】

射撃範囲の拡張。無照準時の殺傷力上昇

【スキル〈頭部射撃《ヘッドショット》〉】

射撃における頭部命中率の上昇。頭部への命中時、破壊力上昇

どちらも戦闘中に任意で発動させるスキルのようだ。銃はこれから使うことが多いと思うのでありがたい。これだけの利益を与えてくれた盗賊には、多少は感謝しておいたほうがいいかもしれない。ここでふと気になることがあったので、ステータスの偽装を解いて確認する。

＝＝＝＝＝＝＝＝＝＝＝＝＝＝＝＝

【名前】　陵陵〈ミササギ　リョウ〉
【職業】　異世界放浪者Lv0
【年齢】　17
【所有能力《ユニークスキル》】　〈神製の体〉〈万物を貪《むさぼ》る常識外の本〉〈無から有を生み出す引用〉
【獲得スキル】　〈乱射〉〈頭部射撃《ヘッドショット》〉
【称号】　〈単独殺戮《さつりく》者〉〈断罪者〉

＼＼＼＼＼＼＼＼＼＼＼＼＼＼＼＼＼＼＼＼＼＼＼

今の俺のステータスなんだが、まずレベルが上がっていない。

盗賊を十人ほど殺害したのにレベル0のままとは。

1レベルぐらい上がってもいいんじゃないかと思う。

それほど膨大な経験値が必要だということか。

それと、所有能力《ユニークスキル》と獲得スキルというのは、どうやら別物らしい。まあ、分かったところで何もないので考えなくていいか。

改めてステータスの偽装をしてから、今度こそ町の探索を始めた。

まず、本屋だ。とにかく本屋だ。大事なことなので二回言ってみた。前世で大人買いした本を読みながら、それらしき店を探す。

前世では買った後すぐ死んだせいで全然読めなかったからな。こうして続きが読めるのはうれしい。

フラフラと歩いているうちに、大量の本が並べられている店を見つけたので、さっそく入ってみる。店の中は薄暗く、外と比べて静かだ。店内を見回していると、店の奥にいた老婆が声をかけてきた。

「いらっしゃい。何か探している本があるのかい？」

「いや、何か面白い本があればなぁと思って」

「それなら、こんなのはどうだい？」

そう言った老婆は、本棚から四冊の本を出してきた。俺がそれらを手に取ると一冊ずつ内容を説明してくれる。

「この本は武具の図鑑だねぇ。旅の途中で買い物するときなんかに役立つよ。こっちは錬金術の本で、これは薬草の調合表だよ。それでそっちは魔法の……」

老婆の言葉を遮って宣言した。

「全部買います」

「えっ、ほんとかい？　あんたみたいのが、こんなたくさんの本を読むとはねぇ……」

俺が購入を即決したためか、老婆はひどく驚いていた。この世界では、若い人は読書しないものなのかもしれない。何にせよ、どんな本でもチート本に吸収させて損はない。

それに錬金術や魔法など、ファンタジー要素のある本はぜひ読んでみたいからね。

「それじゃあ、代金は銀貨四枚と銅貨四十五枚だよ。まとめて買ってくれたからサービスだ」

「あ、ちょっと待ってください。他の本も見てからでいいですか？」

「え⁉　……もちろんいいよ。好きなだけ見ていけばいいさ」

老婆は再び驚きつつも、すぐに了承してくれた。手持ちのお金は、盗賊たちから奪ったのが結構あって、金貨二枚に銀貨が二十七枚、銅貨に至っては八十枚もあった。とはいえ、これがどれくらいの価値か分からなかったが。

本棚の中の本を見ていると、気になる本をいくつか見つけることができた。

青い背表紙に「歴代勇者の栄光」と書かれた本は、題名の通り勇者の活躍について書かれているようだ。歴代勇者の装備などについても記載されている。

――いいよな？　これをチート本に取り込めば歴代勇者の武具を使えるということだよな。

この本は迷わず購入。次に手に取った本は、「地域別魔物図鑑」である。こちらも題名通りの内容だった。俺はこの世界の敵の情報について知識が乏しいので、とても助かる。

いろいろと迷った挙句、合計で二十冊の本を買うことになった。……少し買いすぎたか。会計の時にさりげなく残金を確認していると、俺の荷物の多さを心配した老婆が「魔法の鞄《マジックバッグ》」というアイテムを薦めてきた。

この鞄は、魔法によって収容量が拡張されているらしく、二十冊の本が余裕で収まってしまった。重さはほとんど感じないし、移動にもとても便利そうだ。まあ、俺にはチート本があるので必要ないのだが、見た目的な意味で持っておいたほうがいいだろう。本から物を取り出すなんて、どこのマジシャンだって話だ。

結局代金は、銀貨二十八枚と銅貨が五十一枚になった。かなりの金額だと思うが、全く後悔していない。むしろ、もっと買いたかったくらいである。ちなみに老婆に硬貨の価値について聞いておいた。

どうやら銅貨百枚で銀貨一枚、銀貨百枚で金貨一枚相当の価値になるらしい。この他にも貨幣の種類はいくつかあるようだ。

本屋から出た俺は、魔法の鞄《マジックバッグ》から買ったばかりの本を取り出し、チート本を出現させた。チート本は俺の能力扱いなので、念じるだけで出したり消したりできる。なんだかこの世界に来てからやたらと念じてるな。ともかく俺は二十冊の本すべてをチート本に吸収させた。二十冊を一瞬で吸収する光景には、さすがに驚かされた。

買い物を再開した俺は、買ったばかりの本を読みながら歩いていたのだが、そこに書かれていた内容にショックを受ける。

それは「歴代勇者の栄光」の最初のほうに載っていた。

神聖なる勇者たちの武具には神々の加護が宿っているため選ばれた者しか装備できない

……嘘だ!!　嘘だと言ってくれ!!　こんなのあんまりじゃないか!!

『ウソって言ってほしい？　……ざんねんっ、ホントのことなんだよー』

今の誰かさんの発言は無視する。

歴代勇者の伝説の武器が使い放題だと思ったのになぁ。非常に残念だ。まあ、読み物として「歴代勇者の栄光」は読みごたえがあるので、そこまで不満はない。

その後もいくつか店を見たが、目ぼしいものはなかった。さっきたくさん本を買ったのでもう充分である。

気が付くと、町の中央部に来ていた。ここは他の場所よりも賑やかな感じがする。ん？　なんか一際大きな建物に人が出入りしている。おもしろそうなので俺も入ってみた。

建物の中は、一見すると酒場のようだった。昼間なのにもかかわらず、ガヤガヤと騒がしい。入口の近くに受付があり、窓口には店員らしき女の人が座っていた。あっ、彼女の頭に犬耳がついている。この世界には亜人がいるようだ。町を歩いているときには読書に夢中で気が付かなかった。

ここは俗に言うギルドというやつではないか？　犬耳さんに聞いてみよう。

「あの、すいません。ここってどういう所なんですか？」

「初心者の方ですか？　ここは冒険者ギルドです。クエストを受けるには冒険者登録を行う必要があるのですが、どうしますか？」

やはりギルドか。ファンタジーには欠かせない要素だしな。そして、冒険者になるには登録が必要らしい。

「あ、お願いします」

俺がそう言うと、犬耳さんは変わった形の岩を取り出してきた。腕を差し込むタイプの血圧計みたいになっている。

「ここに腕を入れてください。ステータスが確認できたら、冒険者登録は完了になります」

やっぱ腕を入れるのか。さっさと終わらせよう。腕を入れると、岩の中が微かに青く光った。

「あっ……」

犬耳さんが何か言いかけた。

「なにか問題でもありました？」

まさか偽装ステータスがバレたんじゃないだろうな。

恐る恐る尋ねると、犬耳さんは言いにくそうにしつつも答えてくれた。

「いえ、冒険者になる方は戦闘系の職業を所持しているのが一般的なので……」

あぁ、そうか。ステータスが旅人レベル３のままだったな。

「旅人の方でも登録はできるのでご安心ください。それでは、登録を完了させます」

犬耳さんが何かブツブツと呟くと青い光が一際大きくなり、徐々に小さくなっていった。あれ、もう終わりなのか？

俺が首を傾げていると、犬耳さんは微笑みながら教えてくれた。

「もう手を抜いても大丈夫ですよ。冒険者登録完了しました」


【称号〈冒険者〉を獲得しました】


称号を入手した。どうやら本当に登録は終わったらしい。腕を抜いてからふと手首を見てみると、青い紋章が描かれていた。刺青《いれずみ》みたいだな。

「その紋章は、冒険者の証です。この上に手を添えることで自身のステータスを確認することができます」

あ、ほんとだ。青い紋章の上に手を当てると、視界に自己ステータスが表示された。


//////////////////////

【名前】ミササギ

【職業】旅人Lv3
【年齢】17
【称号】〈冒険者〉

//////////////////////////

ただし、偽装バージョンだ。

「さっそく、クエストを受注できますが、どうしますか？」

「はい、受けます。それで、受注はどうすればいいんですか？」

聞いてみると、犬耳さんは窓口の隣にある掲示板を手で示した。

「そこの掲示板でクエストを選んでいただき、受注したいクエスト用紙をこちらに持ってきてください。そうすれば手続きしますよ」

「あ、そうですか。ありがとうございます」

犬耳さんに礼を言ってから、さっそく掲示板を見に行く。そこにはクエスト内容の書かれた用紙がびっしりと貼られていた。

上から順番に目を通してみる。

『東の森の薬草の採取』
『隣町までの行商人の護衛』
『魔獣の角の納品』
『新規発見の迷宮の探索・報告』

・・・

……数が多い。とにかく多い。
さすがに全ての内容に目を通すことはできないので、流し読みで確認していく。
その中に赤文字で書かれた用紙があった。
次のような内容である。

『オークの討伐指令』

【内容】　異常発生したオークの討伐
【報酬】　一匹討伐ごとに銀貨一枚

【特筆事項】　特になし
【参加資格】　特になし

なんでも近頃オークが大量に発生し、近隣の村が被害に遭っているらしい。

この世界では、増えすぎた魔物を定期的に討伐しているようだ。

ちなみに赤文字のクエスト用紙は重要性が高く、報酬が通常より割高になっている。

オーク単体の戦闘力は低く、戦闘職を持たない人々にとっては脅威だが、職業やスキルで強化された冒険者たちにとってそこまで強い敵ではないとのこと。しかし、敵の数が多ければ多いほど危険度は上がる。たとえそれが格下の相手であってもだ。

特に理由はないが、俺はこのクエストを受けることにした。

用紙を犬耳さんの所に持っていくと、少し険しい表情を浮かべている。妙な態度を怪訝《けげん》に思っていると、彼女は言いにくそうにしながらも説明してくれた。

「失礼ですが、あなたのレベルや職業ではオークの討伐は難しいと思われます。オークが単体であればまだ勝機がありますが、大抵は集団で活動しています。どうしても行くというなら誰かとパーティを組むのをおすすめしますよ」

あぁ、やはり旅人レベル3でオーク討伐というのは無謀なのか。まあ、これは偽装ステータスだが。

犬耳さんが心配してくれていることが分かって苦笑する。

「大丈夫です。一人で行きます。危なくなったら逃げるんで」

俺には称号〈単独殺戮《さつりく》者〉がある。他の能力も極力人に見られたくないから、単独行動のほうがいろいろと都合がいいのだ。それに、銃があればオークには負けないんじゃないかな。少なくとも初戦のオーガよりはマシだと思う。

「そうですか……。無理には止めませんが、くれぐれも命を落とすことのないように注意して頑張ってください」

最後まで心配そうな顔だった犬耳さんに見送られ、俺はギルドから出た。

◇◆◇◆◇

「やっぱり空気が美味しい気がする。自然が多いからかな」

オークの出没地域は、現在いる町から西に行った森らしい。

そこは、偶然にも俺が転生した場所であった。

さて、オークたちには、俺のスキルや称号入手のための犠牲になってもらおうか。

今から楽しみである。

俺は町から出た後、すぐに人目につかなさそうな大きな岩の陰に移動した。

そして辺りに誰もいないか念入りに確認し、チート本に吸収された数多くの本の中から、目当ての文字を見つけて指でなぞる。

【〈装甲車〉を引用しました】

本の中の文字が赤く染まり、俺の前に迷彩柄の装甲車が現れた。ここまで大型の引用は初めてだったが、普通に成功した。さっそく乗り込んでみる。

装甲車の中は、俺一人が乗るには充分な広さだった。〈神製の体〉のおかげだと思うが、基本的な使い方はなんとなく分かった。ただし細かい運転テクニックに関しては、経験を積まなければいけないようだが。ぎこちない動きで装甲車を西の森に向かって発進させる。

……ファンタジーの世界観を無視して装甲車を運転する俺って、実はとても空気が読めないやつなのかもしれない。

【称号〈不安定な運転手〉を獲得しました】

ほっといてくれ。まだ未成年なんだ。謎のメッセージに愚痴をこぼしつつも、俺はかなりの速度で装甲車を走らせた。おっ、少し運転が楽になった気がする。称号の効果か？　不安定でも補正が発生するらしい。そんな調子でしばらくハンドルを握っていると、スキル〈運転〉を獲得することができた。

たまに道ですれ違う行商人たちは、目を丸くしてこちらを見てくる。中には魔物と間違えて逃げてしまう人もいた。確かにこの世界じゃ装甲車は目立つよな。そう思いながらも、大して気にせずにアクセルを踏んで順調に進んでいく。

そして町を出てから三時間ほど経ったころ、遠くに何かの行列が見えた。目を凝らしてみると、それがオークの群れだということが判明する。その数は約三十匹。……今回の報酬でまた本を買いに行けそうだ。よく見たら、オークたちの向かう先には村らしきものが見える。あそこを襲おうとしているのか。

「あのオークの群れを倒せばいいのかな」

辺りに人がいないことを確認してから装甲車から降り、チート本に収容した。そして必要なものを引用する。

【〈狙撃銃《スナイパーライフル》〉〈バイク〉〈金属バット〉を引用しました】

バイクと金属バットはひとまず脇に置いておき、俺は地面に伏せた状態で狙撃銃《スナイパーライフル》を構え、スコープを覗き、照準を一体のオークの後頭部に合わせた。照準のブレが小さくなりオークの頭部と重なったとき、俺は静かにトリガーを引いた。
「よし……」
肩を突き飛ばすかのような発砲の衝撃。
乾いた音が響き、その瞬間、スコープの中のオークに赤い花が咲く。頭部に穴が空いたそいつは辺りを真っ赤に染めながら倒れた。自分の身に何が起きたかさえ、きっと分からなかっただろうな。
乾いた唇を舐めてニヤリと笑う。

【スキル〈狙撃《スナイプ》〉〈一撃必殺《ワンショットキル》〉を獲得しました】

また新たなスキルを二つ入手した。〈狙撃《スナイプ》〉は射程距離と狙撃精度が上昇し、〈一撃必殺《ワンショットキル》〉は最初の一撃のみ威力が上昇するというものだった。手に入れたばかりの〈狙撃《スナイプ》〉を発動しながら、さらに数体のオークを屠《ほふ》ってみた。オークたちは、突然仲間の頭部が破裂するという状況に驚き戸惑っている。

【称号〈他を駆逐する狙撃手〉を獲得しました】

さらに称号まで手に入れてしまった。このままここで狙撃し続けたいのだが、オークたちが逃げそうな雰囲気なので狙撃銃《スナイパーライフル》を仕舞う。

「よいしょっと」

代わりにバイクに跨《また》がり、金属バットを低く構える。そして手元のスロットルを捻《ひね》り、俺はオークたちに向かって突進を開始した。距離が近付くにつれ、オークたちが俺の存在に気付き始める。


【称号〈単独殺戮者《さつりく》〉を発動しました】


どうやら〈単独殺戮者《さつりく》〉は、敵に気付かれないと発動できないらしい。オークとの距離がかなり近くなってからやっと発動させることができた。

俺は一番近い位置にいたオークに狙いを定める。そいつは後ろを確認せずに逃げていたので、バイクで撥《は》ねてやった。衝突の瞬間、鈍い音がしてオークの体が宙を舞い、そのまま地面に転がり落ちた。今の衝撃で車体のフレームが少し凹んでしまったが、このバイクは使い捨てにするつもりなので別に構わない。

乱暴なUターンを決め、今度はこちらに槍を持って襲いかかってきたオークに攻撃する。鋭い槍の突きを躱《かわ》し、すれ違いざまに金属バットで殴り飛ばす。豚のミンチの完成だ。

おっと、いきなり槍が飛んできた。慌てて避けようとしたが、バイクのエンジン部分に刺さってしまった。

スロットルを捻ってみたが動かない。

もう少しバイクで仕留めるつもりだったのだが、仕方がない。

故障したバイクを乗り捨て、槍を投げてきたオークにはお返しにチート本から石を飛ばしてやった。肉が弾け、オークの胸にぽっかりと穴が空いた。そのオークの後ろにいた数匹も巻き添えを喰らって悶絶《もんぜつ》している。

その光景は見ていてなかなか面白いものだった。

「んー、どうやって殺してほしい？」

笑いながら俺が問いかけると、残ったオークたちはそこから逃げ出した。本能のままに逃げ惑い、統率はすっかり乱れきっていた。

「もちろん逃がすつもりはないけど、なっ」

再び取り出した狙撃銃《スナイパーライフル》で三匹のオークを仕留めた。さらに走り出し、金属バットで八匹を撲殺する。残りは腰に提げていた短機関銃《サブマシンガン》で始末していく。


【スキル〈乱射〉を発動しました】


止《とど》めに放った弾丸は扇状に広がり、オークたちの動きを阻害した。

全身に穴を空けられ、ほとんどが死んでいたが、数体だけギリギリ生き残っていた。そいつらは一匹ずつバットで殴り殺す。

こうして最初三十匹ほどいたオークはその全てが物言わぬ肉塊となった。


【称号〈撲殺者《ハードヒッター》〉を獲得しました】

【スキル〈強打〉〈殺害運転技術《キリングドライブテクニック》〉〈追撃〉を獲得しました】


戦闘終了後、称号とスキルが合わせて四つも手に入った。なかなか役に立ちそうなものばかりで満足である。それにしてもこの〈殺害運転技術《キリングドライブテクニック》〉というのは失礼なのでは？　そんなに俺の運転は危ないか。

オークたちの死体から必要なものだけを奪い、俺はオークの目的地であった村に向かった。

五分ほどで村に到着したが、何か様子がおかしい。男ばかりが入口付近に固まって、こちらを睨《にら》んでいるのだ。手に農具を持っている人もいれば、銅剣を構える人もいる。ここは下手に動かないほうがいいか。そんなことを考えていると一人の男が尋ねてきた。

「旅の者よ、村の外でオークを見なかったか？」

この人たちはオークの強襲に備えていたらしい。ここは正直に話しておくか。

「オークはいましたが、俺がすべて殺しました」

「ほう、お前のような若造が倒したというのか？　そんなこと信じられるわけ……」

こちらを馬鹿にするかのような笑みを浮かべていた男の表情が固まった。

男の視線の先には、俺の左手がある。正確には、俺の左手に握られた金属バットを捉えていた。あちこちがひん曲がり、血で真っ赤に染まったバットには、オークの肉片も付着している。

「……どうやら本当のことみたいだな。いや、失礼。あなたの年齢でオークの群れを全滅させるような者がいるとは思わなかったので。ようこそ、村の救世主殿。私はこの村の村長だ。よろしければ、名前を教えてもらえないだろうか？」

さすがに信じてもらえたようた。俺も笑顔で言葉を返す。

「ミササギです」

「ミササギ……。この地方では聞かん名前だな。それはいいとして、ミササギ殿、この村にはどのような用で来られたのかな？」

「近くを通った時にたまたまオークの群れを発見したので全滅させたら、この村が見えたんですよ。なのでクエストの情報収集のついでに一晩泊まっていこうと思いまして」

「そうですか。では、村の宿屋にお泊まりください。この村では一番設備が整っています。ところでクエストとは『オークの討伐』では？」

村長の言葉に俺は頷く。

「そうです、よく分かりましたね」

「そりゃ、そのクエストを依頼したのはこの村なのですから。最近、村の周辺でよく魔物を見かけるようになりましてな」

　そうか、なかなか大変だな。じゃあ、俺が転生してすぐに遭遇したオーガも来るんじゃないのか？　そのことについて聞いてみると、村長は丁寧に説明してくれた。

「この地方では、魔物が町や村に現れることは滅多にありません。ただし、オークだけは例外です。やつらは略奪のために近隣を練り歩いてまして……。今日は、村を挙げて追い払おうと考えていたのですよ」

　村長によると、近頃はその略奪も激化する一方らしい。おそらくはオークの個体数の増加が原因だろうとのこと。

「それでは、もうすぐ日没なので私の娘に宿に案内させます。ほら、この方を宿屋まで連れて行きなさい」

　村長にそう言われ、一軒の家から出てきたのは、俺と同い年くらいの女の子だった。

「娘のサラです。それではミササギ様、行きましょうか」

　サラと名乗る少女は、一礼してからにっこりと微笑んだ。ちなみに彼女の容姿は美しかった。日に焼けた小麦色の肌は健康的で、腰までの長さの金髪の髪は彼女によく似合っていた。この世界は美人率が高いような気がする。


【称号〈村の救世主〉を獲得しました】

あ、やっぱこういうのあるんだ。

でも、残念ながらこの称号は名誉だけで、特殊効果はなかった。

サラに連れられ、二階建ての建物に案内される。

「宿屋の者には事情を話していますので、ご要望があればなんなりとお申し付けください。それではごゆっくりとお休みください」

そう言い終えると、サラは静かに去っていった。よく考えたら転生してからまだ一度も眠っていなかった。少しくらいは休んだほうがいいだろう。

宿屋の中は質素だが清潔感があった。細かな設備等を見ていると、奥の部屋からふくよかな体形の女性が出てきた。

「いらっしゃい、ミササギ様。村を救っていただきありがとうございます」

「いやいや、いいんですよ。困ったときはお互い様です」

とりあえず、宿屋の設備についていろいろ聞いてみたが、風呂はないそうだ。そういうものは金持ち貴族の道楽で、一般的にはお湯で濡らした布で体を拭くだけらしい。まあ、そこは我慢しよう。

用意された部屋で体を拭いた後ベッドに横になると、さすがに疲れていたのか、すぐに眠気が襲ってきた。

4　森の中の砦《とりで》

朝の目覚めは、階下から聞こえてくる声によって訪れた。

「ミササギさーん、朝食の準備ができましたよー」

「分かりました、すぐに降りますー」

宿屋の女将の大声に対抗するように返事をした。窓のほうに目を向けると、外はまだ薄暗い。

この世界の人たちは、朝が早いのか。そういえば、昨日も日没と共に宿屋に案内されたな。きっと夜眠るのも早いのだろう。

なんて健康的な生活なんだ。俺は基本夜型なので、この時間の起床はとてもつらい。

この世界の生活リズムに呆れながら、階段を下りる。

「おはようございます。よく眠れましたか？」

「はい、おかげでぐっすりと。ありがとうございます」

女将に礼を言ってから、一階の食堂に向かう。

「今朝の朝食のメニューはこちらです」

メニューと言うのでファミレス的なものを想像していたが、示された机の上にあったのは二種類の定食だった。

片方は大きなパンにスープがセットになっているもので、柑橘系の果物のようなものも付いている。もう片方は、様々な種類の具材を入れて煮たものをどんぶりに載せただけという、豪快な料理だった。女将に聞いてみると、冒険者は後者を選ぶ者が比較的多いらしい。

考えた結果、俺はパンの定食を注文した。理由は単純明快、そういう気分だったからだ。

朝食は、美味かった。

正直あまり期待はしていなかったが、パンは柔らかくスープは濃厚で、さらに果物は癖になるような、ほどよい甘ずっぱさがとても好みだ。

女将に果物の名前を聞いてみると、マコルというらしい。

ほう、マコル。どっかで見たな。チート本をめくりながら探していく。

マコルは町で買った本の中に記載されていた。気に入ったので後で引用しよう。

「そういえば、村長から伝言を預かってます。朝食後、家に来てほしいとのことです。村長の家は大きな二階建ての館なので、すぐ分かると思いますよ」

「分かりました、今から行きます」

へえ、何の用だろう。女将に礼を言ってから、俺は宿屋を後にした。


【〈マコル〉を引用しました】

マコルを齧《かじ》りながら村長の館に向かう。うん、やはり美味い。宿屋から五分ほどで着いた。門前にはすでに使用人の女性が待機していた。

「ミササギ様ですね？　村長が二階の私室にてお待ちになっております」

使用人さんに付いて行き、二階にある書斎のような部屋に到着した。おぉ、町の本屋ほどではないが、多くの本がきれいに整理されて本棚に収まっている。これ全部が村長の私物なのか？

「ミササギ殿、昨夜はよく眠れましたか？」

「はい、ありがとうございます」

部屋の奥から村長がやってきた。

「さっそくですが、あなたが俺を屋敷に呼んだ理由というのは？」

「この村を救っていただいたのですから、きちんとお礼をしようと思いましてね、何かお望みのものはありますかな？　可能な限り、叶えさせていただきますぞ」

なんて律儀な村長だ。一晩宿屋に泊めてくれたのに、さらに何かくれるなんて。でも、向こうからお礼をすると言ってくれるなら遠慮はしない。初めから答えは一つだ。

「じゃあ、ここの本をいくつかもらえませんか？」

「本……ですか？」

ん？　村長の表情がおかしい。返答をミスったか？

「あの、何か問題でもありました？」

「いいえ、町や村を救った冒険者というのは普通、多額の硬貨や食料などを求めるものですが、本というのは聞いたことがなかったので……」

まあ、普通はそうか。大勢の人の命を助けたんだから、それくらい要求しても不思議ではない。もちろん俺は、本以外を要求するつもりは一切ないけど。

「ここにある本は、私の父が生前に趣味で集めたものなのですが、私にはもう必要ありません。ミササギ殿が欲しいと思うものは全てお譲りできますが、どうしますか？」

「ぜひ、お願いします!!」

本当は、「ここの本全部欲しいっ」と言いたいのだが、さすがに空気を読んで自重した。十五冊ほど手に取り、村長の了承を得てから魔法の鞄《マジックバッグ》に入れた。

もちろん後でチート本に吸収させるつもりだ。

ついでに、村長にオークについて聞いてみた。しかし村長は口ごもってしまった。

「オークですか？　彼奴《あやつ》らが西の森から来るのは知っているのですが、それ以外のことは……」

ふむ、情報なしか。今度は質問の仕方を変えてみるか。

「では、あの森にオークの巣があるということはありませんか？」

村長はうつむいて考え込み始めたが、すぐに顔を上げた。

「あっ、今思い出しました。巣があるかは分かりませんが、昔あそこには砦が建っていました。

ひょっとしたら、そこがオークたちの拠点になっているのかもしれません」

ビンゴ。たぶんそこだな。よし、潰しに行くか。

「ありがとうございます。とりあえずその砦とやらを探してみます」

「そうですか、くれぐれもやつらには気を付けてください」

クエストが終わったらまたこの村に寄らせてもらおう。そう思いながら村を出発した。

移動には再び装甲車を使う。俺は運転しながらマコルを食べている。

あぁ、もう完璧にハマッたな。

今まで、マコル以外のものは一回ずつしか引用していない。

引用は戦闘以外でも非常に役に立つ。素晴らしいな。

『でしょ？　ほんと、ミササギ君にはもっと僕に感謝して敬ってほしいなぁ』

ふぅ、マコルは美味い。もう一つくらい引用しとくか。

『え、無視!?　それって、ひどくない？』

別にひどくない。あんたは毎回、登場が唐突すぎるんだよ。

「じゃあ、こんな登場はどう？」

ん？　今の声はさっきまでと聞こえ方が異なるような……

そう思っていると突然誰かに肩を叩かれた。驚いた俺は一瞬、運転が疎《おろそ》かになってしまい、車内が大きく揺れる。背後から「うひゃっ」という声が聞こえた後、何かが床を転がる音がした。俺は一旦車を停め、音の原因を確認する。

「ミサザギ君、ちょっと運転乱暴なんじゃないの？」

床を転がっていたのは神様だった。

「なんで、あんたがこの世界にいるんだよ。ていうか、来れるのかよ！」

「えっとね、この体は一応僕が作った模倣体なんだ。なんと神界から遠距離操作をしてるんだよ。能力自体はかなり制限されているけどね。でもすごいでしょっ」

目の前のやつはドヤ顔で胸を張っているが、別にすごいと思えない。どうせ神なんだからなんでもできるのだろう。

ハンドルから手を離し、神様に冷たい視線を送る。

「ムキーッ、変な名前のくせに生意気なー」

確かに俺の本名は陵陵《みささぎりょう》である。変な名前だ。

しかし、それがどうした。名前イジリなんて今まで数え切れないほど受けてきた。だから今さら言われたって気にしない。

「名前は関係ないだろ。で、何か用があるんじゃないの？」

そう言って、神様にデコピンをお見舞いしてやった。

やつは床を転げ回りながら——

「女の子に暴力だなんてひどい！　それにこの体は痛みも伝えてくるんだよぉ……」

と、呻《うめ》いている。

……改めて見ても、やはり神様っぽくない。

ついでに、ステータスの確認を試みようとしたのだが――

神様のステータスは表示されなかった。

「当たり前だよ、ミササギ君。僕は神様だよ？　この世界のルールには縛られないんだ」

あ、そうか。なら納得がいく。それで、本当に何の用なんだよ。

「えーと、ミササギ君が、この短期間でどれだけ化け物になっているか直接見に来たんだよ。ステータスを確認したけど、おもしろいことになってるねー」

要するに、ただの暇つぶし、と。はぁ、ぶっ飛ばしてやりたい。

装甲車のハンドルを軽く殴ってから、舌打ちをする。

「まあ、ステータスの確認もできたし、ミササギ君も元気みたいだからそろそろ帰るよ。そんじゃあ、頑張ってね！」

そう言うと、神様の体は消えてしまった。

やっぱり、アイツは暇なんじゃないのか？　〈神製の本〉探しとやらも自分でできないのかな。

深いため息を吐き、操縦席に座り直した。

車内が静かになったので、再び装甲車を発進させる。それから、特に何も起こらなかった。

しばらく運転していると、西の森に到着した。森の中は、不気味なほど薄暗い。木があちこちに生えているので、ここからは徒歩でしか行けないようだ。

装甲車を収容してから、森の中に足を踏み入れる。

あぁ、歩きづらい。いっそのこと森ごと焼き払ってしまおうかな。俺が、そんな恐ろしいことを思いついたとき、後方から足音が聞こえてきた。俺は慌てて木の陰に隠れ、音のするほうを盗み見る。音の主はオークだった。

数はちょうど十匹。よく見ると数匹が何かを担いでいる。どうやら人間の女のようだ。あ、でも動物の耳らしきものや尻尾も見えるので、何人かは亜人なのだろう。

これは都合がいい。こいつらの後を追って、拠点を強襲してやろう。オークたちに見つかっては困るので、ある装備を引用する。

【〈偽装迷彩服《ギリースーツ》〉を引用しました】

偽装迷彩服《ギリースーツ》とは、周囲の景色に溶け込むことに特化した迷彩服である。今回の場合だと、森での使用に合わせて、迷彩服には草木や小枝、ツタなどがくっ付いている。これならば見つかることはないだろう。

そこから二時間ほどオークたちを追跡する。途中、誤って枝を踏んで、音を鳴らしたときは焦ったが、オークたちはこちらを見もせずに前進していった。どうやら、収獲物のことで頭がいっぱいのようだ。オークが馬鹿で助かった。

【スキル〈追跡〉〈隠密行動〉を獲得しました】

オークたちの拠点が見えた頃、新たなスキルを手に入れた。どちらも名称がかっこいいな。気配を殺すように意識していたのが功を奏したらしい。

ここの場所を教えてくれたオークたちに感謝した。もし俺一人だったら、ここへはたどり着けなかっただろう。ここまでの道のりは、パッと見ただけでは分からないような道も使ってきたのだ。

女を担いだオークたちは砦の中に入って行った。

ふむ、彼女たちがオークに汚されるのはかわいそうなので、さっさと砦を攻めようと思う。しかし、この砦はなかなか落とすのが難しそうだ。まず、周囲に隠れられる場所が全くない。砦を中心に半径百メートルほどの木々が徹底的に伐採されている。それに砦自体もなかなか頑丈そうだ。古くからあるようだが、劣化しているという印象はない。

この状況で、俺は作戦を考えては破棄し、練り直しては思い付くということを繰り返していた。

そんなある種のループの中で、ひとつの結論に達した。

「よし、もう見つけた魔物は、全部殺すってことでいいかぁ」

【スキル〈単純思考〉を獲得しました】


単純思考で悪かったな。

ちなみに、このスキルの効果は、思考能力が低下する代わりに身体能力が上昇する、というものらしい。せっかく手に入れたスキルだけど、これを使うことは恐らくないだろうと思う。戦闘中は頭も使うし、脳筋では世の中生きていけない。

よし、とりあえず行くか。俺は、気を取り直して砦に向かって歩き出した。

◇◆◇◆◇

「よいしょっと。これだけあれば十分かな」

いきなりオークたちに発見されると面倒なので、砦から百メートルほど離れた所にある大きな木の後ろに隠れて、俺は準備を進めていた。

何の準備かって？　そりゃ、オークを抹殺する準備だ。

必要だと思うものを引用し——これで準備完了。

まずは狙撃銃《スナイパーライフル》を構える。

【称号〈他を駆逐する狙撃手〉を発動しました】
【スキル〈狙撃《スナイプ》〉〈一撃必殺《ワンショットキル》〉〈頭部射撃《ヘッドショット》〉を発動しました】

砦の窓から周囲を監視しているオークが数体いたので、そのうちの一体を射殺する。発砲音の後、そいつの頭はなくなった。称号とスキルを合わせて四つの重複効果は強烈らしい。逃げる間を与えず、残りの見張りオークも手早く抹殺する。

【スキル〈早撃ち〉を獲得しました】

殲滅《せんめつ》速度を優先したことが、スキル獲得に繋《つな》がったようだ。木の陰から飛び出し、砦に向かって一気に疾走する。俺の身体能力なら十五秒とかからない。

【称号〈単独殺戮者《さつりくしゃ》〉を発動しました】

あ、見つかった。前方から殺意とともに矢が飛んできたが、首を動かして回避する。そこで、俺はあることに気付いた。
なんだろう、今、俺の能力がものすごく上がった気がする。きっと〈単独殺戮者《さつりくしゃ》〉の効果なんだろうが、今までとは上昇率が桁違《けたちが》いだ。これまでこの称号を何度か発動させたが、発動前と後ではそこまで大差はなかった。

〈単独殺戮者《さつりくしゃ》〉による能力上昇率は、敵対者の人数に左右されるため、敵が多ければ多いほど俺は強くなる。ということは、結論はひとつ。あの砦にはあり得ない数のオークがいる。

まあ、オーク程度の魔物なら何体来ようが、負ける気がしない。

そんなふうに考えていた時期が、俺にもありました。

なんだよ、アレは。砦から数えきれないほどのオークが出てきた。砦の中にも姿が見えるので、これが全勢力というわけでもないらしい。どんな数だって話だ。人のことはあまり言えないが、こいつらこそチートだろ。

でも、こちらとしては実に好都合。予定通り、称号やスキル獲得を狙いにいくか。

俺はさっき使った狙撃銃《スナイパーライフル》を波のように押し寄せるオークの集団に連射する。大幅に強化された弾丸は、一発で数体の頭を吹き飛ばした。

だが、肉の波は衰えることなく突っ込んでくる。

俺は慌てることなく狙撃銃《スナイパーライフル》をしまい、代わりに本から手榴弾を連続で射出した。対象が密集しているため、一度に何十キロもの肉塊を量産していく。

【称号〈爆弾魔《ボマー》〉を獲得しました】

波がかなり弱くなった気がする。ここで愛用の短機関銃《サブマシンガン》を取り出し、オークに向かって弾をバラ撒いた。

【スキル〈乱射〉を発動しました】

俺の放った弾丸によって最前列のオークは次々と斃《たお》れていく。銃からカチッと音が響き、弾切れを告げた。

この時点で俺とオークたちの間は二十メートルほど。オークの数を半分ほどまで削ったが、だいぶ距離を詰められてしまったな。このままだと、数の暴力で押し負ける可能性がある。

仕方ない、アレを使うか。

そう考えた俺は、本から灰色の缶を数本取り出し、オークたちに思い切り投げつけた。

【スキル〈投擲《とうてき》〉を獲得しました】

缶から空気の漏れるような音がしている。さらに俺は、身の丈ほどの大きな扇《おうぎ》を取り出す。これは〈風を呼ぶ扇《ウィンドファン》〉という武器で、この世界で買った武具の図鑑に載っていたものだ。

振れば簡単に風を起こせるこの扇は、今から行う作戦に最適である。

オークたちに向かって扇をあおぎ、缶から出た気体をオークの集団全体に撒き散らす。目前まで迫っていたオークたちは、目を押さえ咳き込みながらのたうち回っている。

俺は本からガスマスクを取り出し、装着した。

俺が投げた缶の中には、催涙ガスが入っていたのだ。それを風で散布した結果、砦の外にいたオークは身動きが取れなくなったというわけだ。まさに一網打尽だね。

催涙ガスがオーク相手にいつまで効くか分からないので、さっさと始末していく。

ハンドガンを両手に一丁ずつ持ち、オークの集団の中を発砲しながら歩く。もちろん頭を狙ってだ。弾切れになるたびに再装填を繰り返して、ひたすら撃ち続ける。


【スキル〈二丁拳銃《ダブルトリガー》〉を獲得しました】

飽きたところでハンドガンをしまい、以前使った金属バットを出す。グリップを両手で握り、一体のオークに狙いを定め、横からのスイングで頭を消滅させる。首なし死体は大きく痙攣《けいれん》してから動かなくなった。

【スキル〈全力強振《フルスイング》〉を獲得しました】

その後も順調にオークを破壊した。無抵抗の敵を殺すのは簡単な作業だったが、数が多いため全滅させるには数分ほどかかった。こうして残るオークは砦の中にいるやつらのみとなった。頬に付着した返り血を服の袖で拭い取る。

【称号〈一騎当千〉〈破滅をもたらす者〉を獲得しました】

今の戦闘で称号が三つ、スキルが四つ手に入った。どれも有用そうなものばかりで満足だ。しかし、この〈破滅をもたらす者〉は、魔王的なやつが持つべき称号だと思うのだが……

「まあ、どうでもいいよね」

別に名称がどれだけヤバそうでも、役に立ちさえすれば問題ない。

無人になった砦周辺を歩いて進み、大きな正門をくぐる。近くで見ると砦はとても大きく堅牢そうな造りだった。このサイズなら、あの規模のオークが中にいたことも不思議ではない。周囲を警戒しながら砦に侵入する。

中はやけに静かだった。入ってすぐに分岐する道があったが、ここは勘で左に曲がる。

その瞬間、数体のオークが槍で突いてきた。

しまった、待ち伏せか！

穂先をバックステップでギリギリ躱《かわ》す。

焦りを押し殺し、踏み込みと同時に一匹のオークの首を掴み、渾身《こんしん》の力で締め上げた。首の骨が折れる感触が手のひらに伝わってくる。

力尽きたその死体を、俺を槍で攻撃しようとしていたオークに投げつける。

直撃した二体のオークは床を勢いよく転がっていった。数メートル先で止まった時、二体の首は不自然な方向に曲がっている。

残るオークに視線を移す。三体の豚は明らかに恐怖で顔を歪めていた。隙だらけなのでこちらから突進しようか。

逃げようとした一番近くのオークの肩を掴み、突きを繰り出す。僅かな抵抗を感じさせながらも、五本の指は実にあっさりとオークの体を貫いた。

体内から引き千切った生温かいモノを握り潰し、血に塗《まみ》れた腕を引き抜く。

ここで、残りの二体も逃げ出し始めた。


【スキル〈追撃〉〈強打〉を発動しました】


二体のうち、後ろにいたやつを背後から蹴り倒す。

あ、力を入れすぎた。

オークの両足から何かが折れる音がはっきりと聞こえた。汚い悲鳴が通路に響く。そのまま足を高く上げ、悶《もだ》え苦しむオークの顔面を踏みつける。頭部が爆《は》ぜ、オークの体がビクッと痙攣《けいれん》を起こしたが、それもすぐに止んだ。

ただの肉塊に成り果てたそれから視線を外し、前方を見据える。

この間に、残りの一体にだいぶ距離を取られていた。

そこで姿勢を低くした俺は、手を床につく。力が最高まで高まったとき、一気に足に力を送った。床に亀裂が走り、俺は最高速度でオークに向かって駆けていく。


【スキル〈突進〉〈疾走〉を獲得しました】

今手に入れたばかりのスキルを使おうかと思ったが、すぐにオークに追いついてしまった。後ろからオークの服を掴んで持ち上げる。そのまま俺は体を半回転させ、オークを床に叩きつけた。視界が真っ赤に染まる。ガスマスクに付いた血を拭い、オークだったモノから目を離す。


【称号〈武器いらず《ノーウエポンズ》〉を獲得しました】

【スキル〈我流格闘術〉を獲得しました】

その後も何度かオークの集団に遭遇したが、特に苦戦することもなく全滅させた。砦の中のオークをほとんど殺してしまったためだろう。〈単独殺戮者《さつりく》〉の効果が薄れてきた気がする。おそらく残るオークは多くても数体だ。

俺は無人の通路を闊歩《かっぽ》する。そして、ついに最上階の部屋にたどり着いた。

無骨で重厚な扉は、やって来た者を拒むかのように閉ざされている。

「うん、たぶんボスだな」

「そうだよ、ボスだよ」

「……」

いつの間にか神様が横に立っている。なぜ自然な感じで仲間面《なかまづら》できるのだろう。もう突然の出現にも驚かなくなってきた。

「いやぁ、ミササギ君、君には躊躇《ちゅうちょ》ってものがないのかなぁ。あっても困るけど、さすがにあそこまで徹底的に殺しまくれるとは思ってなかったねー。君は簡単に獲得しまくってるけど、称号やスキルっていうのは、ただ戦闘してるだけではなかなか手に入らないものなんだよ」

前にも聞いたが、スキルの主な入手方法は職業レベルの上昇による取得である。決められたレベルに達すると特定のスキルを覚えられるそうだ。たとえば俺が持っている〈強打〉は格闘系の職業でレベル10前後になると覚えることができるスキルらしい。

しかし俺のように、特定の職業に就いていなくても日々の鍛練でスキルを取得することもできる。

とはいえ、それは大変難しいことらしい。まあ、俺の職業は固定なので、スキルの獲得はほとんどこの方法になるのだが……

「この先には、オークキングがいるから注意してねー」

オークキング？　あぁ、だから敵がオークばかりなのか。

……ていうかそれ以前に、知りたいことがある。

「なんでこんなにたくさんのオークがいるんだよ」

これはずっと疑問に思っていた。いくら大量発生といっても桁が違う。

「ここには僕が落とした〈神製の本〉の一つがあるんだよ。その能力のせいだね」

両手を広げた神様が朗らかにそう言った。

ちょっと待て。〈神製の本〉？　それはだいぶマズくないか？

こちらの動揺など意に介さない様子で、神様は答える。

「いや、たぶん大丈夫だよ。他のに比べたら比較的弱いほうだからねー」

「……〈神製の本〉って一冊じゃなかったのかよ!!」

「え、言ってなかった？　そうなんだよ、ある日部屋の掃除をしてたら本棚ごと〈神製の本〉をこの世界に落としちゃってねぇ……えっ、ちょっとミササギ君!?」

神様が着ているダッフルコートを掴み、近くにある大きな窓に歩いていく。その間も神様はジタバタしているが無視する。

「これで少しは反省しろよ」

「いや、僕ってこれでも神様だよ？　そんなことしたら天罰があああぁぁぁぁ……」

窓から神様を投げ落とす。なにかよく分からない叫び声が聞こえたが、気にしないでおこう。これで少しは説明不足の癖が直ればいいと思う。まあ、どうせ神なんだから死ぬことはないだろう。

手をパンパンと払い、大きく息を吐く。

〈神製の本〉はこの世界に複数あるらしい。てっきり一冊かと思っていた。しかし、初クエストでいきなり発見とか、運がいいのか悪いのか……

再び、必要なものを引用して、装備しておく。ボス戦だからな、強力なものを用意しておこう。

そして俺は、目の前の大きな扉をゆっくりと開いた。

5　本の中の住人

へぇ、あいつがボスか……

扉を開いた先は大部屋になっていた。

中央には、これまでとは色の違う大きなオークと、その配下らしきオーガ三体がおり、部屋の隅のほうには、女たちを閉じ込めている牢屋があった。
色違いのオークは、本を持っている。あれが〈神製の本〉か。
俺は、オークとオーガをじっと見つめた。

【種族】オークLv28
【称号】〈本の中の住人〉〈同族集結〉〈種族の王〉〈他種族を統《す》べる者〉

【種族】オーガLv17
【称号】〈豚王の奴隷〉〈豚王の下僕〉

敵のステータスを確認してみると、なんと魔物なのに称号を持っていた。いや、亜人や魔族も

持っているそうだし、当然と言えば当然か。

オークキングとは、称号の〈種族の王〉を所持しているオークをそう呼ぶらしい。普通のオークは豚というイメージだったが、このオークキングはまるで猪《いのしし》みたいだな。

朱色の体毛に二メートルほどの大きさは、確かに王としての風格がある。

称号〈本の中の住人〉を持っているということは、〈神製の本〉から生まれた魔物なんだろうか。

一方、オーガはこの森にいた個体のようだ。しかし、称号からも分かる通り、オークキングの奴隷らしい。

そんな風に観察していると、一体のオーガが唐突に殴り掛かってきた。


【称号〈武器《ノーウエポンズ》いらず〉を発動しました】

【スキル〈我流格闘術〉を発動しました】


迫りくる大きな拳を掴み、思い切り捻る。乾いた音が鳴り、オーガが叫んだ。うるさいので用意していた散弾銃《ショットガン》をオーガの口に捩《ね》じ込んで発砲する。

【スキル〈零距離射撃〉を獲得しました】

今回引用した散弾銃《ショットガン》はスラッグ弾を使用したため、オーガの頭部には赤い円形の窪《くぼ》みができていた。死体から手を離し、銃を構える。オークキングに向かって発砲したが、横に飛び退いて避けられてしまった。なかなかの回避能力だな、オークだと思って甘くみていた。

今度は二体のオーガが同時に攻めてきた。散弾銃《ショットガン》は水平二連式だったため、もう弾切れで撃てない。銃を捨て、素手で迎え撃つ。二つの棍棒が俺に向かって振り下ろされる。それを両腕を交差させてガードした。片方の棍棒だけが二つに割れた。

〈神製の体〉には様々な効果がある。優れた身体能力やステータスを見ることができる眼などは使い勝手が良く、頻繁に使う。その一方で、強力だが少し使い勝手の悪い能力もある。例えば、この腕の能力である。

この腕で武器攻撃を防ぐと一定の確率でその武器を破壊し、攻撃を無効化する。一部の武器には無効で、おまけに俺のレベルが低いときにしか作動しないらしい。この世界に来て間もない頃、襲ってきたオーガの棍棒が割れたのは、この能力のおかげである。あのときは単にこの体が硬いせいだと思っていたが違うらしい。不便なのは、一定確率という部分で……

うん、腕が折れました。変な方向に曲がってます。かっこよく二つの棍棒が折れるかと思ってたんですが。

壊れなかったもう一本の棍棒に腕を折られ、怯んだ俺に再度棍棒が振り下ろされた。俺は激痛を我慢しながらチート本を棍棒に向け、大剣を飛ばす。その結果、棍棒ごとオーガが真っ二つになった。

今度は武器を失ったオーガに向かって数十本の槍を飛ばす。これはオークから奪った武器である。

オーガはハリネズミのようになって倒れた。

ダメージは負ったが、これで残るはオークキングだけだ。それにしても腕が痛い。このままでは戦えないので、まずは負傷した腕を治さなくては。

魔法の鞄《マジックバッグ》の中から、薄緑色の液体の入った瓶を掴み取る。

俺はあらかじめ引用していたこの秘薬を急いで飲み干した。独特の苦味や渋味が体内に浸透する。すると、折れた腕がみるみるうちに元に戻っていく。凄い効果だな。

この世界の生態系において頂点に君臨するドラゴン。高度な知能を持つ彼らは独自の技術によって、人智を超えたアイテムの数々を保有していた。

その中のひとつがこの「竜族の秘薬」である。人間が口にすれば如何なる病や傷でも立ちどころに治すと言われており、古き時代には不老不死の妙薬として神聖視されていた。

実際、長い歴史の中でも市場に流れた記録はなく、贋物《にせもの》が氾濫していた時期もあったのだという。

本物の秘薬は竜と深い絆を結んだ者だけが貰えるらしい。これらが事実ならば、秘薬の価値は想像を絶するものだろう。数滴だけでも金銭的な価値は天井知らずになりそうだ。


【スキル〈再生〉を獲得しました】

おっと、秘薬を使ったことで、スキルを手に入れた。〈再生〉は非常に役に立つと思うので、常に発動させておく。

腕が治ったので、オークキングのほうを見る。オークキングは落ち着いてコチラを観察しているようである。

オークのクセにやけに冷静だな。試しに石を飛ばしてみるが、持っている槍で軽々と弾かれてしまった。ふむ、どう戦うか。あれ、オークキングがいない……。その直後に胸に激痛を感じる。

「え？」

オークキングが目の前にいる。そして、槍を俺の胸に深々と突き刺していた。

「くっ……！」

息ができない。肺に穴が空いたかもしれない。

俺は咄嗟に短機関銃《サブマシンガン》を取り出し、オークキングを撃とうとした。

だが、すでにオークキングはそこにはいなかった。

今度は後ろから刺される。胸から槍が飛び出すのが見えた。

オークキングは槍を振り回し、突き刺さったままの俺を投げ飛ばす。勢いよく壁にぶつかり、壁にも穴が空いた。一気に瀕死まで追い詰められたが、元々の自然治癒力とスキル〈再生〉で回復していく。

「ふう、さすがに頭に来たな」
猪野郎ごときにボコボコにされて、我慢できるハズがない。コチラも本気で行くことにする。
瓦礫《がれき》の山から這い出て、チート本を手にした。

【称号〈一騎当千〉〈破滅をもたらす者〉を発動しました】
【スキル〈強打〉〈突進〉〈疾走〉を発動しました】
【〈生き血を啜る剣《ブラッディ・ヴァンパイア》〉〈忌み嫌われる呪刀《ライフ・ストッパー》〉を引用しました】

必要な称号とスキルを発動し、二本の剣を引用してから目標に向かって突進する。オークキングが刺そうとしてきたが、今度は槍の軌道がよく見えた。体を軽く傾け回避する。

【スキル〈洞察眼〉〈学習〉を獲得しました】

新たに手に入れた〈洞察眼〉を使用し、隙のできたオークキングに両手に持った二本の剣を突き出す。

【スキル〈二刀流〉を獲得しました】

僅かに狙いが外れ、剣先はオークの体を掠っただけだった。

まあ、僅かでも充分なんだが。

俺が引用した二本の剣は、固有名を持っている。普通の武具は銅剣だったり、革の鎧だったりとそれぞれに特別な名前なんて付いていないのだが、一部の武器には名前がある。そしてそれらは必ず何かしらの能力を持っている。本来、同じ固有名を持つ武器が複数存在できるはずないのだが、きっと俺の引用は例外なのだろう。

「生き血を啜る剣《ブラッディ・ヴァンパイア》」は切りつけた相手の血液を吸い取り、切れ味を増す。

「忌み嫌われる呪刀《ライフ・ストッパー》」は切りつけた相手の体内機能のうち一つをランダムに破壊する。しかし弱点もあり、使用中はこちらの防御力が著しく低下してしまう。これは「忌み嫌われる呪刀《ライフ・ストッパー》」による呪いの影響だ。ちなみにこれらの情報はすべて本から得たものである。やはり、読書はしておくべきだな。

まあ、要するに今俺が使っている剣のうち、一本は刺さり続けると失血死して、もう一本は掠るだけでも死ぬ可能性があるということだ。

こんな剣に刺されたオークキングは顔色が悪く、口から血を流している。おぉ、まだ大丈夫そうだな。じゃあ、削り殺してしまいますか。

再度、オークキングを切りつける。苦しそうにしながらも、ギリギリ直撃は避けられた。しかし貧血なのか、元々赤色だったその姿はどんどん青くなり、耳からも血を流し始めた。
さらに二本の剣で突く。

【スキル〈刺突《しとつ》〉を獲得しました】

今度はオークキングの肩に刺さった。これで殺せるかと思ったが、オークキングは槍で反撃してきた。まあ、先ほどまでの勢いがない攻撃を避けるのは簡単である。飛び退いて回避してからオークキングを切り上げる。

【スキル〈一撃離脱《ヒット・アンド・アウェイ》〉を獲得しました】

血飛沫《ちしぶき》が舞い、オークキングは胸を押さえながら倒れこんだ。苦しそうに息をしていたが、やがてそれも止まった。どうやら、今の攻撃で肺の動きを破壊してしまったらしい。それで呼吸ができなくなったということか。ずいぶん呆気ないな。

【称号〈大量殺戮者《ジェノサイダー》〉〈拠点制圧者〉〈種族根絶への一歩《ステップ・オブ・ジェノサイド》〉を獲得しました】

オークキングの死体から本を拾う。見た目は俺のチート本にそっくりだ。

『おぉ、それだよミサザギ君。よく頑張りましたー』

なんで今回はこっちに来ないいんだよ神様？

『だって、近くに捕虜《ほりょ》の女の子がいるじゃん。いきなり現れたらビックリするでしょ？』

まあ、もっともな意見だった。それで、この本をどうやってアンタに渡すんだ？

『えっとね、〈神製の本〉は、君の〈万物を貪《むさぼ》る常識外の本〉で吸収してくれればこっちに届くようにしてるから、吸収しちゃっていいよー』

そうなのか、簡単だな。俺はチート本で〈神製の本〉を吸収する。

〈神製の本〉の回収を確認しました
条件を満たしたため、異世界放浪者がLv1になりました

以下の効果が発生します

取得経験値の吸収
身体能力の強化
所有能力《ユニークスキル》の強化

所有能力《ユニークスキル》強化により
〈神製の体〉に新たな能力〈ステータス詳細表示〉が追加されました
所有能力《ユニークスキル》強化により
〈無から有を生み出す引用〉に新たな能力〈加筆修正〉が追加されました

ものすごい勢いでメッセージが出現した。

突然すぎて意味が分からない。

『ミサギ君が〈神製の本〉を回収したからボーナスが発生したんだよ。やったねっ！』

神様がポーズを決めているのが目に浮かぶ。

まあ、今のメッセージについて、神様にはきちんと確認しておこう。少しの間、神様に一連のメッセージについての説明を受けた。

まず、取得経験値の吸収について。今まで異世界放浪者のレベルがずっと0のままだったせいで、経験値がもらえていなかったらしい。これでこれからは敵を倒すことでレベルが上がるそうだ。

次に所有能力《ユニークスキル》の強化について。〈ステータスの詳細表示〉は文言通りなので説明は省く。

もうひとつの追加能力である〈加筆修正〉は、ハッキリ言って反則だった。これは引用したものに望んだ能力を与えるというものである。口で説明しても分かりにくいので、実際に使ってみる。

捕虜の女の子たちがいる所でやるのは危ないので、ひとまず別の部屋に移動した。そして引用でナイフを出すときに、炎をイメージする。

【〈ナイフ：火炎〉を引用しました】

出てきたナイフに見た目の変化はない。しかし、軽く振ってみると炎が出た。これはすごい。ただのナイフでも強力な武器になるな。唯一の弱点は、この能力を使って引用したものは五分で消滅してしまう点だ。逆にいえば、五分間は使い放題なわけなんだが。もちろん以前通りの引用も可能だ。

能力の確認もできたので、再び女の子たちのいる部屋に向かう。

◇　◆　◇　◆　◇

「どうもー」

俺が部屋に戻ってくると、女の子たちはなぜか怯え出した。

まあ、とりあえず牢屋から解放してあげよう。俺は牢屋についている大きな南京錠を破壊しようと試みた。だが、何か魔法のようなものがかかっているらしく、なかなか壊れない。面倒になったので牢屋のほうを壊すことにした。

鉄格子の間に手を入れ、膂力《りょりょく》に任せて左右に引っ張る。おっ、案外固いな。ギシギシと軋《きし》む音がするが、鉄格子は曲がらない。

【称号〈武器《ノーウエポンズ》いらず〉を発動しました】

まあ、称号を使えばいけるだろ。素手の時に筋力を上昇させる効果のある〈武器《ノーウエポンズ》いらず〉を発動し、さらに腕に力を込める。今度は簡単に曲がった。いや、曲がったどころか握っていた部分が千《ち》切《ぎ》れてしまった。

【スキル〈怪力〉を獲得しました】

取れてしまった鉄格子を捨てて、牢屋の中に声をかける。

「大丈夫ですか、助けに来ました」

我ながら、なんてセリフだ。もっと気のきいたことを言えないのか。なんて思っていると、なぜか女の子たちは騒ぎ始めた。

「この化け物っ！　こっちに来ないで！」

「私たちを食べる気なのね!?」

なんだか酷い言われようだ。それはさすがに傷つくんですけど……。なんでだろう……あ、この格好のせいか。

今の俺は全身が偽装迷彩服《ギリースーツ》に、顔にはガスマスクという姿だ。おまけに素手で牢屋を破壊した。うん、確かに化け物だな。俺は偽装迷彩服《ギリースーツ》のフードを脱ぎ、ガスマスクを外した。女たちがこっちを見て驚いている。

「ごめんね、驚かせちゃって。ギルドからのクエストで、オークを討伐しにきたミササギです」

ニコニコ笑いながら話しかけると、ようやく女の子たちは安心したようだ。これまでのことを聞いてみる。

全員の話をまとめると、昨日彼女たちはある村に滞在して、そこを偶然オークたちに襲われ、さらわれたのだそうだ。

彼女たちから話を聞いた後、砦の中を探索し、略奪品が保管してある部屋を見つけた。結構な量のアイテムが放置されており、武器や防具、大量の貨幣など他にも様々な物があった。

やはり、あのオークたちは強かったのか。俺からしたら弱かったのだが。もちろんひとつ残らずチート本で頂いた。

「……ん？」

オークキングがいた部屋の前を通りかかった時、何かが光ったのが見えた気がする。部屋の中に入ってみると、オークキングの死体の辺りが光り輝いていた。

そこに落ちていたのは一本の槍。

あのオークキングが戦闘で使用していたものである。

いとも容易《たやす》く〈神製の体〉を貫いてきたこの槍は強力なんじゃないのか？

試しに手に取ってみた。


【スキル〈疾風〉を獲得しました】


なぜか槍を持っただけでスキルを手に入れた。

アイツの速さも、このスキルのおかげだったのか？

槍もチート本で収容しておいた。

俺の能力はなるべく人に見せたくないので、女の子たちには砦の外で待機してもらっている。冒険者もいたので、魔物が来ても大丈夫だろう。しばらく砦を探索した後、俺は外に出た。

……女の子たちがオーガ五体に囲まれている。この森を甘く見すぎていたかもしれない。

さっそく、新しい能力を試してみるか。オーガはいい実験体になるなぁ。思わずニヤニヤしてしまう。

『やっぱり、ミササギ君はコワイねー。ブルブルブル……』

神様、うるさいな。あ、冒険者の女の子が頑張ってる。早く殲滅《せんめつ》してやるか。

〈加筆修正〉は引用するものに新たな能力を追加する能力だ。しかし一つの引用物に〈加筆修正〉できる能力は一つだけ。さらに制限時間を始めいくつかの制約があるが、それを差し引いてもかなり強力な能力だと思う。

【〈金属バット：帯電〉を引用しました】
【称号〈撲殺者《ハードヒッター》〉を発動しました】
【スキル〈疾風〉を発動しました】

パチパチと音が鳴り響く金属バットを引用した。さらに称号で破壊力も強化して、冒険者に殴り掛かろうとしている一体のオーガに攻撃を仕掛ける。

おぉ、体が軽い。これが〈疾風〉の効果か。〈突進〉と〈疾走〉の重複発動より効果が大きい気がする。

オーガが爆散しないように、調節しながらバットを振り下ろす。バットがオーガに触れた途端、大電流が流れてオーガが痙攣《けいれん》し始めた。俺の視界は眩しくて見えづらくなり、肉の焦げる臭いが鼻腔《びこう》を刺激する。

【スキル〈放電〉を獲得しました】

白目を剥《む》いた巨体が倒れる。

かなり手加減したつもりだったのだが、やはり一撃で斃《たお》れたか。

体勢を整え、次の獲物に意識を移す。

【〈生き血を啜る剣《ブラッディ・ヴァンパイア》：火炎〉を引用しました】

【スキル〈刺突《しとつ》〉を発動しました】

オークキング戦でも活躍した「生き血を啜る剣《ブラッディ・ヴァンパイア》」でオーガを突く。刺した場所から燃え上がり、同時にオーガの血液も吸収していく。

【スキル〈吸血〉〈発火〉を獲得しました】

瞬く間にオーガは痩《や》せていき、やがてその肉体は燃え尽きてしまった。

実験は成功だ。この新しい能力はかなり使える。それが分かったので、残りのオーガに興味はない。

【〈ハンドガン：炸裂弾〉を引用しました】

【スキル〈狙撃《スナイプ》〉〈一撃必殺《ワンショットキル》〉〈早撃ち〉を発動しました】

もはや手慣れた動きで三発の弾丸で三つの命を消し去り、武器を仕舞った。

女の子たちは俺を見て固まっている。

手っ取り早いので少し能力を使ったが、やはりこんな戦闘は異常なのか。

「それじゃ、一旦この森から出ましょうか。いつまでもここにいたら、またオーガが来ちゃいますしね」

場が微妙な空気なので、明るく声をかけてみると、女の子たちはお互いに顔を見合わせたものの、俺の後に付いてきてくれた。

ん？　なんか一人、すごいキラキラした目でこちらを見てくる女の子がいる。確かあの子は冒険者だったな。まあ、今は気にしないでいいかなぁ。

それからは魔物に遭遇することもなく、数時間後には街道まで移動することができた。この後は、このクエストの途中に寄った村、カルド村に行こうと思う。可能ならあの村に彼女たちの生活の援助を頼もうと思ったからだ。今の彼女たちは、ほとんど手ぶらに近い状態だし。

休憩を挟みながら徒歩で歩き続けてきたが、日没が近いようなので、今日は野営をしようと思う。

女の子の中に結界術が扱える子がいたので、長時間発動し続けるタイプのものを設置してもらった。

結界の見た目は薄く色のついたガラスのようだ。念のため俺は寝ずに辺りを警戒する。

……周囲を警戒すること数時間。徐々に慣れてきたのか、辺りの音が良く聞こえる。風の音、小さな虫の鳴き声も聞こえた。

目を瞑《つむ》って耳を澄まし、さらに神経を尖らせる。


【スキル〈精神集中〉を獲得しました】


突然、前方の草むらで、ガサッと音がした。咄嗟に俺は銃を構える。そこから顔を覗かせたのは一匹のウサギだった。大きく息を吐き、安心していると、ウサギは再び草むらの中に消えていった。

「あの……」

今度は後ろから声が聞こえた。振り返ると、昼間俺のことをキラキラした目で見つめてきた女の子がいる。

「ん、どうかした？　まだ朝早いし、寝てていいよ」

「いや、なんか目が冴えちゃって。お邪魔じゃなかったら横にいてもいいですか？」

「あぁ、いいよ。俺も暇だったからね」

俺がそう言うと、その子は隣にちょこんと座った。

なんとなく彼女のステータスを見てみる。

【名前】トエル・ルディソーナ
【性別】女
【種族】エルフ　狐天族《こてん》
【職業】戦士《ウォーリア》Lv9　剣士《フェンサー》Lv7
【年齢】18
【称号】〈混血種〉〈冒険者〉

ステータスに新たな項目が追加されていた。

これが、〈神製の本〉を入手することで得た〈ステータスの詳細表示〉の効果だな。

このトエルという女の子は、レベル的にはあまり強くない。だが、種族がエルフと狐天族となっていたり、称号〈混血種〉を持っていたりする点から考えると、戦闘能力は割と高いのではないか？　確証はないが、何となくそんな気がする。あと、年齢はだいたい見た目通りで十八だった。何百歳とか表示されなくてよかった。種族がエルフだったら、充分あり得る気がするからね。

「ミササギさんって、すごく強いんですね。オークやオーガとの戦闘を見ていて感動しましたよ。よかったら、職業とか教えていただけませんか？」

「えっと、旅人だね」

「えっ……、旅人だけですか？」

「うん、旅人だけ。ついでに言っとくと、レベルも5だね」

今までレベルは3にしてたが、オークの討伐を行ってレベルが上がっていなかったら、ギルドで不審に思われそうなので、一応変更しておいた。それでも、レベル5の旅人がオークの拠点を壊滅させたのは疑問に思われるかとも考えたが、トエルは素直に感心していた。

「そのレベルでこれだけ強いなんて、すごいです！　それに戦闘中も、剣とか棍棒とか魔道具とか、いろいろな武器で戦っていてかっこよかったです！」

身振り手振りで元気に伝えようとするその姿はかわいらしい。たぶんトエルが言っている魔道具というのは銃のことだと思う。

それからはさらに話が盛り上がり、結局二人で夜が明けるまで話をした。

翌朝、他の女の子たちが全員起きるまで待って、朝早い時間からカルド村への移動を始めた。みんなに朝食のパンとオレンジジュースを配ったら、満足してくれたようだ。移動中、それぞれ会話を楽しみ、俺の隣にはトエルが並んで歩いている。

ちなみにトエルの容姿について説明しておくと、身長は一六五センチほど。明るい金色の髪を肩まで伸ばし、こちらを見る瞳は綺麗な青色。エルフの特徴である尖った耳を持ち、目線を下げると、茶色いふわふわの尻尾が揺れている。狐天族は狐の獣人の種族で、彼女はエルフと狐天族という二つの血を引いているため、見た目にも両方の特徴が現れているようだ。

結論から言うと、トエルは美人だ。それも超が付くほどの。しかし本人は自覚がないのか、無邪気に笑いながらコチラを見つめてくる。

こういう子との会話は純粋に楽しめるよね。

ほのぼのとした雰囲気の旅も、たまにはいいかもしれない。

そんなやり取りをしているうちに、カルド村に到着した。とりあえず、数日間この村で世話になってからギルドに戻ろうと思う。

6　初クエスト終了

村に滞在した数日間は、俺にとって有意義なものになった。それというのも、能力やスキルの確認に時間を費やしたためだ。

特に〈放電〉と〈発火〉は使ってみて様々なことが分かった。俺はてっきり電気や炎を操って飛ばせるのかと思っていたのだが、実際には、全く違っていた。

〈放電〉は発動後、自分の体に電流が流れる。この状態で何かに触ると、電気を流すことができたが、静電気ほどの威力しかない。〈発火〉は、体の任意の場所から炎を出すことができるが、その射程は最大で一メートルほどしかなかった。

どちらもこのままでは戦闘で使えないほど弱かった。しかし、しばらく使用していたら、放出量の調整が可能なことが分かった。

あくまで俺の感覚だが、雷や炎を最大まで放出した時の強さは、通常の数十倍にまで高められるようだ。ここまで放出量を高めれば、俺の見た目も大きく変化する。

〈放電〉なら全身が電気で眩《まばゆ》く発光し、〈発火〉なら全身が炎で覆われる。もちろん、どちらを使用しても俺に被害はない。これなら戦闘でも充分に使えるだろう。

こんな風に実験や検証を繰り返しているうちに、カルド村での滞在も三日が過ぎた。

その朝、俺はギルドへ出発した。トエルを連れて。

え、なんでトエルがいるかって？

そのことについては、カルド村に着いた日まで遡《さかのぼ》る……

「いやですっ。私はミササギさんに付いていきます！」

俺が村長に女の子たちの生活援助を頼んでいるとき、トエルが叫んだ。

聞いてみると、彼女は俺の旅にお供として付いていきたいらしい。俺としては別にいいのだが、一応理由を聞いてみると……

「あの時助けてもらった恩もあるし、ミササギさんの戦いは見ていると引き込まれるような魅力があるんです。それを私は側で見ていたいんです」

場合によっては、かなり危険な旅になるかもしれないよと言っても、頑《がん》として聞かない。

「大丈夫です、これから強くなります。ミササギさんの旅の邪魔なんてしません。それにピンチの時はミササギさんが助けてくれますし」

すごい信頼されてるな。そこまで俺の評価が高いとは思わなかった。でも、そう言われて断る理由はないので今に至るというわけだ。

「あと少しでレーノの町に着きますね。それにしても、この乗り物はすごいです。馬がいないのに動くし、とても速いし……」

レーノとは、俺がクエストを受けた町の名前である。これからはずっと一緒に旅をすることになると思うので、トエルには俺の所有能力《ユニークスキル》について少しだけ話しておいた。もちろん神様のことや、転生したことについては伏せているが。

装甲車は、やはり、徒歩と違って速い。それに、俺は〈殺害運転技術《キリングドライブテクニック》〉を持っているので、戦闘でも使うことができる。便利な能力だ。

しかしこのままでは目立ちそうなので、町の近くまで来たところで装甲車を降りることにした。町に入り、さっそくギルドに向かう。歩きながらトエルに聞いたのだが、ある程度の規模の町にはギルドが設置されているらしい。

ギルドの受付には、以前と同じく犬耳さんが座っていた。トエルと一緒に話しかける。

「あの、すみません。『オークの討伐』を受注していた者ですけど……」

「あ、この前の……。そちらはお仲間さんですか？　クエストはどうでしたか？」

「この子は新しい仲間で、トエルって言います。オークはまあまあ強かったですね」

俺の返答を聞いて、犬耳さんは少し驚いている。何度も言うけど、旅人レベル3だもんな。

「では、この岩に腕を通してください。これでオークの討伐数が分かります」

あ、マズイ。非常にマズイ。しかしここで躊躇《ちゅうちょ》するのは不自然なので、仕方なく腕を通す。

「……え!?」

犬耳さんの顔が驚きで固まっている。そりゃそうだ、俺も正確には分からないが、少なくとも二百体くらいは殺したぞ。

「いやぁ、たまたま崖下にオークの軍団がいたので、上でちょっと細工をして落石を起こしたんですよ。それでほぼ全滅させることができたんじゃないかなあ。まあ、ラッキーでしたね」

笑いながらそう言い訳したが、犬耳さんはやはり微妙に信じていない。

「け、計算した結果、今回のクエストの報酬は銀貨二百八十四枚になります。両替もできますが、どうしますか？」

若干、引きつった笑顔の犬耳さんが聞いてきた。それにしても結構な金額だ。これで欲しい物は大概買えるな。

「はい、お願いします」

一旦ギルドの奥に引っ込んだ犬耳さんが、数枚の金貨と大量の銀貨を運んできた。報酬を受け取るとき、なんだか周りの目線が怪しかったので、足早にギルドから出る。

「すごいですね。私、金貨なんて初めて見ましたよ！」

キラキラした目でトエルが見つめてくる。うぅ、なんて純粋な目なんだ。眩しすぎて直視できない。

なんて思っていたら、後ろから妙な気配を感じた。そう、なにか良くない気配を。

【スキル〈敵意感知〉を獲得しました】

やっぱりそうか。さっそく発動させておく。敵意は全部で七つあった。

これまた、それなりの人数で……

「トエル、なんか俺らを追跡してくるやつらがいるから、少し急いで」

「えっ、……分かりました」

トエルは一瞬驚いたようだが、すぐに了解してくれた。こういうトラブルに事欠かないところは、やはり冒険者だな。トエルの手を引いて路地裏に駆け込む。あ、また路地裏だ。殺戮《さつりく》フラグが立ったかな。

案の定、後からガラの悪いやつらが路地裏に入ってきた。ただし、そいつらは五人だけ。残りの二人は俺たちの背後に回り込んでいるようだ。

「よう、兄ちゃん。かわいい彼女連れて、おまけに大金まで持っちゃってさぁ。俺らにも少し分けてくれよー」

俺って絡まれやすかったっけ？　この町でももう二回目なんだけど。

あ、そういえばトエルに武器を渡し忘れていた。

といっても全員俺が殺す予定だが、彼女も自衛用の武器を持っておいたほうが良いだろう。

この戦闘が終わったら何か渡すか。

呑気に思考を働かせつつ、殺しの算段をつける。

【スキル〈投擲《とうてき》〉〈早撃ち〉〈一撃必殺《ワンショットキル》〉を発動しました】

魔法の鞄《マジックバッグ》から二本の針を取り出し、建物の陰に潜んでいる二人に投げる。視認できないほどのスピードで放たれたそれらは二人の男の喉に刺さり、そのまま首を貫通した。二人の男は声を上げることもできずに倒れる。この時、俺以外の全員がこの状況に驚いていた。トエルも目を丸くして俺を見ている。

絶好の隙を利用して、チート本を手に取った。

【〈消音器付き散弾銃《ショットガン》：無限弾〉を引用しました】

以前と同じように消音器付きの銃を引用する。ただし、今回は弾数無制限だ。

一番近くにいた男に向かって引き金を引く。銃口が火を噴き、男を吹き飛ばした。ここで隙を見せることなくグリップをスライドさせ、新たな弾丸を装填する。その間に逃げ出そうとした男たちを追いかけながら発砲。狙いはズレたが、一人の肩にしっかりと散弾が食い込んだ。

今度はわざと距離をとって二発。散弾が散らばり、残り三人の足に命中する。俺の足元で肩を押さえて叫んでいるやつの頭に一発撃ち込み、残りも順番に処刑していく。

こうして突然の襲撃も呆気なく撃退できてしまった。

散弾銃《ショットガン》を肩に乗せ、ほっと息を吐く。

「ごめんね、目の前でこんなの見せちゃって」

いきなりの展開だったので、トエルには謝っておく。

「私は大丈夫です。一応、冒険者なので」

おぉ、すごいな。普通、目の前で虐殺を見せられたら気分が悪くなりそうなのだが。

死体から必要なものだけを貰い、路地裏から出る。あ、トエルに武器を渡しておこう。

「なあ、トエル。武器を渡そうと思うんだけど、どんなのがいい？」

「武器ですか？　できたら剣がいいですね」

そういえば、トエルは職業で剣士を持っていたな。じゃあ、なにか引用しようか。


【〈森の大地の刺突剣《シルバニアン・レイピア》〉を引用しました】

チート本から深緑色のレイピアを出した。このレイピアの効果は、使用者の移動速度上昇と、風属性の攻撃の強化である。エルフの血を引いているトエルに合うと思ってこれを選んだ。ん？　トエルがうつむいて固まっている。もしかして何かミスったか？

「どうかした？」

「これ……。ほんとにこれ……」

トエルの肩が震え出した。あ、やばいな、泣かせてしまったかもしれない。

「本当に、こんなに素晴らしい剣を使わせていただいていいんですか⁉」

「えっ？　……いいよ、いいに決まってる。そのために出したんだからさ」

「あ、ありがとうございます！　すごくうれしいです！」

どうやら、感動していたらしい。まさか、ここまで喜んでもらえるとは。

本でこのレイピアの説明を読んでみると、大昔このレイピアを愛用していたエルフがいたらしい。しかもそのエルフは勇者パーティの一人だったとか。それはすごいな。ただ、このレイピアは持ち主を選ぶらしく、選ばれた者のみがこのレイピアの真の力を引き出せるらしい。なんていうか、この武器こそ勇者の剣って感じだ。

その後は町で買い物をしたり情報を集めたりしながら一日を過ごし、夜はそこそこ高級な宿屋をとった。明日は、ギルドで新しいクエストを受注してみようか。そんなことを考えながら俺は夢の世界へ旅だった。

……つもりだった。

「やあ、ミササギ君。相変わらず殺戮《さつりく》生活、絶好調だね。ぐっじょぶ！」

そう言って俺に親指を突き出してくるこいつは、言うまでもなく神様である。もう殴っても許されるんじゃないだろうか？　ここが日本なら訴えられるレベルだと思う。これは不法侵入という立派な犯罪だ。

「いやいや、僕は神様だし。人のルールなんかには縛られないんだよ」

神様はドヤ顔でそう言うと、ベッドの上で跳ね出した。ていうか、こんな状況でトエルはよく起きないな。一度眠ったら、なかなか起きられないタイプなんだろうか。

「で、何の用なんだよ？」

「むー、神様に向かって生意気な言い方だなぁー。ま、いっか。えっと、ミササギ君はこの前、皆で本を回収してくれたよね？　あの時は偶然見つかったから回収してもらったけど、これからは様々な場所を旅してほしいんだ。〈神製の本〉探しは、君の異世界旅行のついでって感じでいいからさ。……どのみち引き合う運命には逆らえないしね」

この世界に落ちた〈神製の本〉は膨大な数で、どこにあるかも分からない。それなら、この世界を自由に旅して、その間に見つかったものを回収してほしいということらしい。

なんとも曖昧な行動指針だが、俺に損はないし、一度死んでしまった身としては充分に幸福だと思う。まあ、神様のありがたいお言葉に従って異世界生活を楽しませてもらうか。

7　行商団と冒険者たち

朝早くに目が覚めた俺は、宿屋の裏にある井戸に顔を洗いに行った。水は少し冷たかったが、眠くてボーッとしている頭を起こしてくれた感じがする。俺が部屋に戻ろうとすると、入れ替わりでトエルがやってきたので、声をかけた。

「あ、おはよー。用意ができたらギルドに行くからね」

「おはようございます。分かりました、すぐに準備します」

そう言って、トエルは小走りで井戸に向かった。

そんな彼女のステータスを何気なく見てみると、二つの職業レベルが上がっていた。前に確認した時は、戦士がレベル9で剣士がレベル7だったのに、今は戦士がレベル10で剣士がレベル8になっている。

トエルと旅を始めてから、昨日の路地裏での戦闘以外では戦っていない。しばらく考えた結果、トエルは俺とパーティを組んでいるから、経験値が分配されたのでは、という結論にたどり着いた。

それならレベルアップしたことにも納得がいく。

出発の準備ができた後、二人でギルドに行った。犬耳さんに挨拶し、クエスト掲示板にざっと目を通す。多すぎるので、迷ってしまうな。

「あの、これなんてどうでしょうか？」

俺が掲示板を睨んでいると、トエルが提案してきた。それは隣町まで移動する行商団の護衛という内容だった。まあ、初めのうちはこんな感じのクエストでいいだろう。クエスト用紙を犬耳さんに渡す。

「これは、ミササギさんのレベルではお薦めできない難易度のクエストなんですが、すでにこのクエストを受注している冒険者の方が高レベルなので、特別に受注できます」

「あっ、そうなんですかー」

どうやら複数のパーティが関わるクエストらしい。行商団っていうくらいだからある程度の人数の護衛が必要なのかもしれない。ていうか、俺だけだったらクエストを受けられない可能性もあったのか。

「では、このクエストの開始日は今日になっていますので、正午の鐘が鳴るまでに町の出入り口にお越しください。そこが集合場所になっています」

正午までにはかなり時間がありそうだ。昨日のうちに買い物は済ませてあるので、特に用事がない。さて、どうしようか……

そういえば昨日買ってきた本を吸収していなかったな。実は、前に本を大量購入した店に昨日も行ってきて、また大量買いをしたのだ。店員の老婆は半ば呆れた様子でこちらを見ていたよ。

周りに人がいないのを確認してから本を吸収しておいた。

昼までの空いた時間を、俺は読書で潰し、トエルは剣の特訓をしていた。流れるような動きで剣を操っている彼女は、これからどんどん強くなっていくかもしれない。

約束の時間も近くなり、二人で町の出入り口に向かう。そこには行商団と、武骨な鎧を身に着けた男がいた。恐らく彼は、今回の護衛で先に受注していたやつなんだろう。

「あ、どうも。護衛担当のミササギです。こっちは仲間のトエルです。どうぞよろしく」

とりあえず挨拶しておいた。男は腕を組んだまま、木に寄りかかって目を瞑っている。

「護衛担当のアルバートだ。アルと呼んでくれていい」

このアルという男のステータスを確認する。

//////////////////////

【名前】アルバート・ラウーヤ
【性別】男
【種族】人族
【職業】戦士《ウォーリア》Lv37　騎士《ナイト》Lv17　重戦士《ヘビーウォーリア》Lv25　武闘家《ファイター》Lv21

【年齢】28
【称号】〈冒険者〉〈集団の守り手〉〈単独殺戮《さつりく》者〉〈歴戦の戦士〉.etc

＝＝＝＝＝＝＝＝＝＝＝＝＝＝＝＝＝＝

なにこれ、すごい。職業四つ持ちで、レベル40に近い職業まである。しかもまだ二十八歳だし。なのに〈歴戦の戦士〉とかゲットしてるし。

え、.etc？　どうやら称号の欄は表示できる数が決まっているらしい。

たぶん、職業のほうも同じ仕様だと思う。俺が持っている称号もあるな。かなり努力したんだろう。引用を使わなかったら、勝てないかもしれない。

その後、俺たちの後から三組の冒険者パーティがやってきた。これで護衛役は全員だそうだ。担当を決め、行商団の周りを護衛しながら隣の町を目指す。

この護衛はずっと街道を通るので、魔物との遭遇の危険性はかなり低いらしい。それでも冒険者の護衛を雇うのは、盗賊が出るからだ。ある意味魔物より厄介な彼らから身を守るために、行商人たちは俺たちのような冒険者を雇う。依頼料はそれなりの額になるそうだが、命を失うよりはましなのだろう。

隣町までは、およそ二日かかるらしい。俺はトエルと一緒に周囲を警戒していた。まあ、俺は

〈敵意感知〉を持っているので、盗賊が近付けばすぐに分かる。トエルも狐天族の種族的特徴なのか、五感が人よりも優れているので、何か音を聞きつけると耳や尻尾がピクッと反応する。

他の冒険者も仲間と一緒に護衛していたが、ただ一人単独のアルさんは、誰とも話すことなく黙々と歩いている。

出発してからしばらくして、魔術師らしき男が突然話し出した。

「これから少しの間は仲間なんですし、少しぐらいはお互いの自己紹介しませんかー？」

なんとも気の抜けた感じだったが、自己紹介はしたほうがいいと思うので俺は軽くうなずいた。続けて、その男のパーティの女が話し出した。

「じゃあ、まずアタシから。アタシの名前はナタリーだ。年は二十六でメインの職業は武闘家。レベルは23」

ここから順番に冒険者の自己紹介が始まった。みんな名前と年齢と職業についてだけを簡潔に述べていく。自己紹介は時計回りに行っていて、俺の順番も回ってきた。

「あ、こんにちは。名前はミサザギっていいます。職業は旅人で、レベルは5です」

俺の自己紹介の終了後、何人かの冒険者が笑っていた。中には大笑いしている者もいる。まっ、旅人だもんな。ていうか、職業は違うものに偽装したほうがいいかもしれないな。戦士とか、剣士とか……

次のトエルの自己紹介は普通に終わった。ただ、数名の男がトエルをずっと見ていたので睨んでみた。が、逆に睨み返されてしまった。あぁ、俺は雑魚《ざこ》という認識がもう広まっている。

ん？　アルさんだけが俺を怪しそうに見ていた。え、なんで？　怖いんですけど……

自己紹介も終わり、何事もなく一日目の護衛は終了した。さて、寝ようかと思ったら、数人の冒険者が俺に見張りをしておけと言ってきた。まあ、今は我慢しておいてやる。ただしこれ以上調子に乗るようなら、何か対策を考えよう。そう思い、見張りを引き受けた。寝てもいいと言ったのに、トエルがついてきたので二人で一晩中見張りをした。

二日目も順調に進み、太陽が傾いてきた頃、遠くに町が見えた。見通しの良い平原なので、あそこに到着するのには、あと三時間ほどだろうか。行商団の移動スピードに合わせているので、走って向かうことができないのがもどかしい。

異変に気付いたのは、先頭で護衛していたパーティだった。

「なんだ、ありゃ？」

「おい、あの大軍、ゲーナに向かってるぞ！」

ゲーナとは目的地のことである。薄暗くなってきた平原を大量の何かが動き、まっすぐにゲーナの町に向かっている。

【〈双眼鏡：自動調整〉を引用しました】

自動でピントを合わせてくれる双眼鏡をこっそりと引用し、大軍の正体を探る。レンズを覗くと、そこにはアンデッドの軍団があふれていた。うわ、キモい。腐乱死体が動いてる。あれがゾンビなのか。実際に見ると、かなりキツイな。

【スキル〈遠視〉を獲得しました】


ざっと見ても三百体はいるぞ。前回はオークの大軍で、今回はアンデッドの大軍。同じ大軍だけどぶっちゃけオークのほうがまだ良かった。

ゾンビと戦うのもいやだけど、大軍の中に変な浮遊物がいるんだけど。ゴーストってやつか？　物理攻撃とか効かないんじゃないの？　そう考えていると、どこからともなく声がしてきた。

『さすがに実体のない霊を殴るのは無理だね。でも、ほかにも冒険者がいるし大丈夫じゃないの？　本から引用できるものの中に霊に有効なものがあるかもしれないし』

神様の言葉をさらっと流しつつ、俺は納得する。あぁ、そうか。今回は一人じゃないのか。なら三百体も大丈夫……か？

結局、十五人の冒険者のうち八人がアンデッドと戦うことになった。これは立候補で決まった。俺が行くと言ったとき、何人かが驚いていたが無視する。トエルも元気よく手を挙げて立候補した。この他にはアルさんや、最初に自己紹介をしたナタリーとかいう女も立候補していた。残りの七人はここで行商団と待機することになっている。

ふむ、八人で五百体を殺そうとしているのか。普通、無理じゃないか？　そう思ってトエルに聞くと、低級のアンデッドはあまり強くないため、ある程度のレベルの魔術師が数人いれば不可能なことではないらしい。

各々が自分の武器を用意する。俺もこの世界で量産されている鉄の剣を取り出す。本当は銃とか爆弾がよかったのだが、周りの目を考えると使うことができない。また、旅人であるはずの俺が、スキルや称号を使って殺しまくっても、怪しまれるのではないか。

そこで、とある作戦を思いついたので、トエルにこっそり相談してみた。思わずニヤリと黒い笑みを浮かべる俺。

「なかなか面白そうな考えですね。私も喜んで協力させてもらいますよ！」

彼女も乗り気なようでよかった。

「うん、助かるよ。じゃあ、タイミングは俺に任せてね」

こんな会話をしながらもかなりの速度で走っていた俺たちは、気付けばアンデッド軍の最後尾に追い付いていた。すぐ近くに歩く死体や骸骨や霊が見える。気味が悪いので早く倒してしまいたい。

アンデッド軍との距離が二十メートルを切ったとき、先頭を走っていたアルさんが大きく跳び、群れの中に飛び込んだ。他の冒険者たちもその後に続く。

俺とトエルも飛び出したが、彼らとは少し目標が違っていた。

8　朱雷《しゅらい》の助っ人

他の討伐組が、自らの得物を使ってアンデッドどもを一掃していく。

さすがに自ら立候補しただけあって、誰も彼もかなりの強さだ。武器なしの格闘戦では勝てる自信がない。その中でもアルさんは飛び抜けて強かった。

彼の動きには隙が見当たらない。それに加えて的確に敵の弱点を突いていた。アルさんも十分チートだと思う。ていうか、俺の参戦は必要ないんじゃないか？

そう思いながらも、俺は無防備にスケルトンに近付いていく。トエルは俺の後ろで待機している。

「おいっ、お前！　何してんだ、殺されるぞ！」

前のほうからご丁寧に忠告が飛んできた。

それをスルーして、さらにスケルトンに近付く。

【スキル〈洞察眼〉を発動しました】

今回の計画で必要なスキルを発動する。これがなかったら無駄な傷を負ってしまうかもしれない。背後からスケルトンの肩の骨を軽く叩く。コンコンッと音が響き、スケルトンがこちらを振り返った。近くで見るとなんか、迫力があるな。

そんな余計なことを考えながら、わざとゆっくり鉄剣で攻撃する。俺の弱い斬撃はスケルトンの持つシミターに受け流され、宙を斬った。俺の体勢が大きく崩れ、その隙を狙ってスケルトンがシミターで斬りかかってきた。

ここで俺は目を見開いてシミターを見つめる。遅い遅い遅い。まるでスローモーションのように見える。

崩れた体勢から必死に斬撃を避けるフリをしながら、わざと胸元を縦に斬らせてやった。血が吹き出し、目の前のスケルトンを赤く染める。刃に毒でも塗られていたのかな。ピリピリと妙な泡を発する傷口を軽く撫でる

【スキル〈無防御〉を獲得しました】

「ミササギさんっ!!」

すぐさま駆け付けたトエルが俺を抱えて全力で後方へ走り出す。うん、なかなかの演技力だ。職業補正なのか、俺を抱えて走っているのに、全く重たそうじゃない。でも、女の子に抱えられてい

るというのはちょっと恥ずかしいな。

【称号〈臆病者〉を獲得しました】


俺は臆病者ではない。これは立派な戦略的撤退である。

「すみませんっ、ミササギさんがケガをしたので近くで治療します!!」

「おうっ、分かった！　死なせるなよ!!」

トエルの呼びかけに誰かが答えた。たぶんさっき俺に忠告した人だ。

なんか申し訳ないな。

その後トエルは、近くにあった洞窟まで俺を運んでくれた。ここはさっきの戦場からは確認できないような位置にある。誰かに見られる心配もないだろう。俺は、何事もなかったかのように立ち上がる。

スケルトンによって付けられた傷はもうなくなっていた。

さすがは〈再生〉だ、仕事が早い。


【スキル〈毒耐性〉を獲得しました】

「ありがとね、トエル。ここまで運んでもらって」

「いえ、私は大丈夫です。でも、本当に大丈夫なんですか？」

確かに当然の疑問だ。

トエルにはかなり大まかな動きしか伝えていないからね。まあ、もったいぶっても意味がないので、トエルの前でさっそく使ってみる。


【スキル〈放電〉を発動しました】


俺の体中が電気で包まれる。暗かった洞窟内が明るく照らされた。

これはまだ第一段階だ。


【スキル〈発火〉を発動しました】


〈発火〉は、〈放電〉の炎バージョンだ。炎の出力を最大にすれば、俺の見た目は炎の魔物になる。

実は護衛中に疑問に思っていたのだ。

この二つのスキルを同時発動させたら一体どうなるの、と。

今まで試すタイミングがなかったのでこれが初めてなのだが、結果は凄まじかった。

人型であることは変わらない。しかし、身にまとっているものが違う。真っ赤な炎でもなければ、真っ青な雷でもない。なんと、赤い雷なのである。

早い話、二つが合体しました。近くにいたトエルも驚いている。

【称号〈朱雷の魔人〉を獲得しました】

おぉ、新しい称号も手に入った。称号の効果を見てみると、スキルの同時発動より強力になれるようなのでスキルを解除して、称号を発動する。さっきよりも雷の色が濃くなり、確かに能力が強化されている感じがする。

この状態なら誰かに顔がバレることもないし、自由に大暴れできる。実に効率的で素晴らしい作戦だ。

一応、トエルには引用しておいたフード付きの真っ黒なローブを渡しておく。俺だけが顔を隠しても意味がないからな。

一度、称号を解除してトエルに話しかける。

「じゃあ、そろそろ行こうか」

「そうですね」

フードをかぶったトエルが返事をする。さて、殺戮《さつりく》フラグの回収をしますか。

来た道をなぞるように駆けていき、戦場に戻ってきた俺。

周囲を見渡すと、元は鮮やかな緑色だった地面は倒されたアンデッドたちの血で赤く染まっていた。そこかしこに砕けた骨や、腐った肉片が落ちている。やはりパーティの仲間たちは相当の強さのようだ。

しかしながら、ゲーナの町の方向に目を向けると、まだたくさんのアンデッドがいた。やはり数の差は歴然で、あそこまでアンデッド軍の前進を許してしまったらしい。それでも、わずか十分ほどで敵の数は約半数にまで減っている。俺とトエルも援護に向かう。


【スキル〈隠密行動〉を発動しました】


ゲーナに近付くにつれ、さっき見た戦場よりも辺りの光景はさらにひどくなった。冒険者たちはゲーナの町を背にして戦っている。個人の能力が高くても、数の力はそれをも覆す。彼らは徐々に追いつめられていた。町まではまだ一キロほど離れているが、侵入を許すのは時間の問題かもしれない。

よく見れば、冒険者の数が減っていた。三人がこの戦いで殺されてしまったらしい。まあ、三人とも俺に見張りを押し付けたやつだったが。残っているのは、ナタリーという女武闘家と、俺に忠告をしてくれたカドマスという斧使いのおっさんと、やたら強いアルさんの三人だ。重傷を負っている者はいないようだが、三人とも全身に細かい傷がある。

走りながら双眼鏡で確認し、アンデッド軍の五十メートル手前で足を曲げ、力を溜める。その後、思い切り地面を蹴った。


【スキル〈跳躍〉を獲得しました】


トエルは、エルフの種族的特徴で精霊の力を使うことができる。精霊の力も基本的には魔法と呼ばれることが多いが、普通の魔法との違いは、精霊の力は魔力を必要としないところだ。ただし、一部の種族や職業にしか扱えない。

俺は、トエルに風の精霊の力を使った軽量化の呪文をかけてもらっていた。これで少しの間、俺の体は羽のように軽くなる。今回の大ジャンプもこの魔法があったからこそだ。

誰も俺が空中にいることに気付いていない。ちゃんと〈隠密行動〉が効いているようだ。

アンデッド軍の真上辺りまで来たところで、俺は腕に付けていたリングの効果を発動する。リングというのは、俺が能力を使って魔改造した〈腕輪：重力操作〉のことである。こいつは使用者の重力を変更できる。

実は、前々から使いたいと思っていた力として「重力のコントロール」というものがあった。関連する書物を読むたびに憧れていたのだ。今回こんな腕輪を作れたのも、物理学の本のおかげだったりする。勉強っていつ役に立つか分からないものだね。

故郷の世界の偉人に感謝しつつ、俺は自分にかかる重力を百倍に変更した。


【称号〈一騎当千〉〈大量殺戮者《ジェノサイダー》〉を発動しました】

【スキル〈強打〉〈怪力〉〈全力強振《フルスイング》〉を発動しました】


あ、調子に乗った。体に信じられないような負荷がかかり、体中の骨が砕ける音がした。意識が飛びそうになったが、気合いで持ち堪《こた》え、〈再生〉で治癒しながら急降下していく。

落下地点にはかなりの数のアンデッドがいる。しかし、ゴースト等の実体がない敵はすでに全滅しているようだ。これは好都合だな。左手を上げてタイミングをはかる。

拳に力を込め……今だっ！

左手を全力で振り下ろし、地面に叩きつける。その瞬間、地面が爆発したかのような音が響き渡り、土煙が舞った。

周囲にいたアンデッドは衝撃だけで、体中を破壊されていく。

距離があった者も抵抗できずに吹き飛ばされている。かなり離れたところにいた三人の冒険者たちも倒れないように体を支えるのが精一杯のようだ。

【称号〈朱雷の魔人〉を発動しました】
【スキル〈不意打ち〉〈万有引力〉を獲得しました】

土煙に紛れている間に〈朱雷の魔人〉を使用すると、たちまち全身が赤い電流で包まれた。煙が晴れ、周りを確認してみる。俺の落下地点付近にいた数十体は即死のようで、原形が分からないほどに潰れている。

残りのアンデットは、元気にコチラに向かって来ていた。冒険者たちは呆気にとられたように俺を見ている。あれっ、アルさんだけが少し笑っている気がするが気のせいかな。

襲いかかってきたスケルトンは二十体ほど。それぞれが色々な種類の武器を構えている。

【スキル〈万有引力〉を発動しました】

スケルトンの集団に手をかざした。途端、やつらの動きが悪くなるが、低い姿勢になりながらも必死に攻撃しようとしてくる。数秒後、一体のスケルトンの頭蓋骨が割れ、そこからは連鎖的に壊れていった。

スキル〈万有引力〉はさっきの腕輪の能力と似ている。違う点といえば、スキルのほうは重力設定を細かい数字で調節できないのと、自分以外も対象にできるところだ。つまり、己の感覚で慣れなければいけないということらしい。

多大な負荷をかけて圧殺した骨たちを踏みつけながら進んで行くと、今度はゾンビが現れた。引っ掻いて来ようとした一体の頭を掴み、持ち上げる。〈朱雷の魔人〉発動中なので、ゾンビの頭はバチバチと音を鳴らしながら燃えていった。気持ち悪いので一気に燃やし尽くす。後には粉のような灰しか残らなかった。

あっ、油断していたら、一体のゾンビに噛みつかれてしまった。まあ、燃える電気の肉体に噛みついたゾンビの運命は、わざわざ語るまでもないだろう。

ちなみにトエルは俺の上空からの攻撃の後、俺の背後の敵を担当している。とは言っても、ほとんどの魔物は俺が殺していくが。

向こうから大剣と言ったほうがいいような大きさのサーベルを持った巨大なスケルトンがこちらに走ってくる。しかし、俺は棒立ちのままスケルトンを見据えていた。俺の背後でトエルが何かを振ると、スケルトンのサーベルは俺にあたる直前で逸れ、地面に深く突き刺さる。


【スキル〈風纏《まと》い〉を獲得しました】

トエルに持たせた魔法の鞄《マジックバッグ》には、俺の武器をいくつも入れてある。その中からトエルが選んだのは、「風を呼ぶ扇《ウィンドファン》」だった。砦戦でも活躍したこの扇をトエルは風魔法の応用に使った。トエルの放った風は俺の表面を薄く包み込み、斬撃をずらしたのだ。

剣を必死に抜こうとしている巨大スケルトンの頭に俺が裏拳を打ち込むと、頭蓋骨が溶けながら四散した。巨大なサーベルは今後のためにトエルに回収させておこう。

ここは腐敗臭がひどい。だから早く体を洗いたい。そのためにも一刻も早くこのアンデッド軍を全滅させてやろう。

９　一難去ってまた……

トエルに聞いた話なんだが、ゲーナの町には大きな図書館の他、多種多様な本屋があるらしい。これを聞いて、俺のやる気は急上昇した。気持ち悪いアンデッドなんて本当はあまり戦いたくないのだが、本を守るためというなら話は別だ。全力でいかせてもらう。


【称号〈破滅をもたらす者〉〈種族根絶への一歩《ステップ・オブ・ジェノサイド》〉を発動しました】

【スキル〈我流格闘術〉〈疾風〉を発動しました】

称号とスキルを上乗せで発動する。これだけ強力なら引用で武器を出すまでもない。まあ、今武器を出しても〈朱雷の魔人〉発動中なので溶けてしまうが。

俺を新たな標的とみなしたのか、大量のアンデッドがこちらに来る。

そんなに殺されたいのか。俺も突進して迎え撃つ。先頭のゾンビウルフを殴りつけると、肉の焦げる臭いがしてきた。んー、〈朱雷の魔人〉はアンデッドが相手のときはあまり使わないようにしよう。臭いのせいで鼻が死ぬ。

あぁ、スキル〈嗅覚封印〉とかないのかな。そろそろ限界が近い。腐敗臭や肉の焦げる臭いを我慢しながら、ゾンビやスケルトンを殴り倒していると……

【スキル〈大力無双〉〈鼻づまり〉〈連打〉を獲得しました】

やったぁ！　欲しいスキルが手に入った！　頑張って臭いに耐えてよかったよ。今までのスキル入手で一番うれしいかもしれない。さっそく発動させてみた。

おぉっ、悪臭がかなりマシになった。これなら気にせずに戦えるな。唯一の問題も解消し、さらに討伐を進めていく。

最初は俺の補助をしてくれていたトエルも、今は風の力を用いたレイピアでゾンビやスケルトンを突きまくっている。風の精霊魔法は、トエルを守りながらも敵を破壊していた。

あ、三人の冒険者も戦線に復帰してきた。俺を若干警戒しながらもアンデッドを倒している。なんて思っていたら、アルさんがコチラに走ってきて俺に話しかけてきた。

「助太刀、感謝する。でも、ここからは俺一人に任せてくれ」

アルさんはそう言うと剣を鞘に収め、両手を地に付けた。ちょうど獣のような体勢になっている。

その直後、アルさんが空に向かって叫んだ。

いや、叫んだというより、吠えたのほうが表現が正しい気がする。それぐらい人間離れした響きだった。顔を上げたとき、アルさんの眼は黄緑色になり、瞳孔は縦に細長くなっている。ちょうどネコみたいな感じだ。僅かに開いた口からは牙らしきものが見えた。外見の変化はそれぐらいだが、先ほどまでと威圧感が全く違う。こんなオーラ、普通の人間には決して発することができない。

はい、ビビりました。なんか狼男みたい。今日は満月じゃないんですけど……

そんなアルさんがゆっくりとこちらを見て、話しかけてきた。

「何、驚いてるんだ。お前だって似たようなもんだろ、なぁミササギ?」

予想に反して、変身前と変わらない口調。

ん、あれ？　なんか俺の正体バレてない？

驚いている俺の反応を軽く笑って、アルさんは残り百体を切った敵に向かって駆けて行った。途中で鞘から剣を抜き、地面に叩きつける。大きく亀裂が走り、その隙間に多くのアンデッドが呑み込まれた。

一撃で敵を数十体……本当に人間なのか疑いたくなるな。

ていうか、俺が来た意味が全くない。彼なら一人で全滅できそうだと思いながら、俺とトエルは戦場から脱出した。

【スキル〈脱走《エスケープ》〉を獲得しました】

それから二分ほどでアンデッド軍は片付いた。討伐メンバーと共に行商団の護衛をしていたグループとも合流すると、ゲーナの町へ進んでいく。

ゲーナの町の門前には、騎士団が待機していた。ここを最終防衛線として守るつもりだったらしい。どうせなら、さっきの戦いに参加してほしかった。

「ようこそ、ゲーナの町へ。ギルドから話は伺っています、中へどうぞ。あと、外にいたアンデッド軍の殲滅《せんめつ》もお疲れ様でした。我々からも後ほどお礼をさせていただきます」

あ、じゃあ謝礼は本がいいですっ！　……なんて空気の読めない発言はせず、黙って団長の話を聞く。

「最近、この町の近くにダンジョンができましてね。あの魔物たちは、そこから出てきたんですよ……」

団長の話によると、ダンジョンができたのは、つい一か月ほど前らしい。

攻略しようにも、町の騎士団では難易度が高すぎる。そんな時に、俺たちがやって来たというわけで、冒険者としてダンジョン攻略を頼みたいそうだ。できればダンジョンそのものを破壊してほしいと。また唐突に凄いこと頼んでくるなー。

もちろん俺はこの依頼を受けるつもりだ。ここが襲われて本がなくなってしまっては困るからな。ということでトエルも了承。

残りの冒険者はというと、あまりいい反応ではなかった。今回で大切な仲間を失ったパーティは戦意を喪失しており、全員が生き残っていたパーティも怖気付いて辞めてしまった。

残るは、アルさんだけなんだが……

「俺はもちろん行く。お前らはどうするんだ？」

「もちろん行きますよ。本を……じゃなくて、この町の平和を守りたいんでね」

おっと、本音が漏れかけた。

「では、三人で行ってくださるのですか。今日はお疲れだと思うので、明日ご出発なさってください」

こうして、トエル、アルさん、そして俺の三人は、晴れてパーティとなったのであった。

翌日、さっそく夜も明けないうちに、ダンジョンを目指して出発した。

俺はいつも通り魔法の鞄《マジックバッグ》にストックしてあるマコルを齧《かじ》り、トエルには冷たい水を渡した。アルさんはなにか保存食みたいなものを食べていた。ダンジョンには一時間も経たないうちに到着。周囲は静かで、入口には松明《たいまつ》が置かれている。

しかし中は真っ暗だ。先頭を行くアルさんが松明を掲げているが、正直頼りない光だ。危なっかしいので、なにか引用しよう。

【〈懐中電灯〉を引用しました】

真っ暗な洞窟内に一筋の光が現れる。やっぱ現代の物は便利だな。転生してから何度も抱いた感想を繰り返す。

「すごいな、その光。なにかの魔道具なのか？」

「まあ、そんな感じです」

トエルも俺の懐中電灯を興味深そうに見ている。そういえば、初めて引用する物だった。便利なので、ストックしておこうかな。

こうして長い長いダンジョン攻略が始まった。

10　迷宮探索

ダンジョンは入口からしばらく下りの階段が続き、五分ほど進んだところでルートが三本に分かれていた。

「どの道にしますか？」

「この道が一番安全だな」

「んー、あっ、そうですね。じゃあ、こっちの道にしよう」

俺とアルさんの意見が一致した。

俺とアルさんが選んだのは、左のルートである。〈敵意感知〉を使った結果、他の二つのルートにはいくつかの敵意が感じられたのだ。このスキルは感知範囲が狭く精度も低いが、使い方次第では、かなり有用なスキルである。

アルさんも索敵系のスキルを持っているのだろうか。まあ、〈歴戦の戦士〉って称号を持ってるくらいだし、かなりの数の能力を所持しているのだろう。

ていうか、今の俺では、ステータスのすべてを見ることができないので、彼の能力については詳しく分からない。後で聞いてみようかな。

三人で左の道を進んでいく。当然、敵は出てこない。俺としては別に戦ってもよかったんだけどなぁ。でも今回は仲間もいるし、安全第一で行ったほうがいいか。そんなことを思いながらさらに一時間ほど歩いたころ、俺は気になる物音を耳にした。

「……ん？　今、何か聞こえなかった？」

「いえ、聞こえませんでしたけど……」

「俺も聞こえなかったな」

二人はそう返してきたが、確かに遠くから音が聞こえた。

腹の底に響くような断続的な音。これは何かを壊す音だ。ここで二人にも聞こえたらしく、アルさんの顔つきも厳しくなった。だんだんと音が近くなってきている。これはヤバい気がするな。

「おい、気を付けろ。何か来るぞ」

アルさんが警告してくる。俺もやっと〈敵意感知〉で敵を発見できた。そいつは、すごい勢いでこちらに走ってきていた。

しかも、このダンジョンの中を直線上にだ。

それなりに入り組んだこのダンジョンの中をそんな風に移動する方法はひとつしかない。

間違いない、壁を壊しながらコチラに向かっている。

「ミササギ、後ろだっ！」

「分かってますよ！　ここは俺が食い止めるので、トエルと先に行っといてください！」

「……分かった、任せたぞ」

そう言うと、アルさんはトエルを脇に抱えて走って行った。三人で戦うにはこの通路は少々狭いので、二人には先に進んでもらったのだ。どんな敵か分からないため、しっかり準備する。

【〈短機関銃《サブマシンガン》：無限弾〉〈散弾銃《ショットガン》：無限弾〉〈金属バット：硬質〉を引用しました】

【称号〈単独殺戮者《さつりく》〉を発動しました】

【スキル〈二丁拳銃《ダブルトリガー》〉〈疾風〉〈早撃ち〉を発動しました】

改造した金属バットを腰に提げ、両手には弾切れが起きない短機関銃《サブマシンガン》と散弾銃《ショットガン》がある。おまけに称号とスキルも発動した。これでいけるだろう。

準備が終わった直後、ものすごい音と共に後ろの壁が崩壊した。崩れる壁から現れたのは、魔物の骨をかぶった大男だった。顔はその骨で見えない。

しかし、二メートルを超える身長や紫の体色、膨れ上がった筋肉から人間でないことが分かる。手には、馬鹿でかい斧を持っていた。

そいつがこちらに走ってくる前に銃を発砲した。

短機関銃《サブマシンガン》から出る大量の弾丸と散弾銃《ショットガン》から出るスラッグ弾は、大男の体をズタズタに引き裂くかと思われた。が、放たれた弾丸は、大男の肌に弾かれてしまい、僅かに体勢を崩させることしかできなかった。

「硬っ！　弾丸はじくとか、バケモノじゃねえか！」

男の装備は革のズボンと魔物の骨だけ。ほぼ全裸なやつに銃でダメージを与えられないなんて。
そいつが目の前で斧を振り上げる。

【スキル〈洞察眼〉を発動しました】

〈疾風〉の移動力と〈洞察眼〉の観察力で斧の斬撃を辛うじて避けた。斧は地面に深く突き刺さり、大きな亀裂を作る。うわっ、当たったらヤバいな。〈再生〉はあるけど、痛いというレベルで済まなそうだ。
とりあえず、この大男のステータスを見る。

＼＼＼＼＼＼＼＼＼＼＼＼＼＼＼＼＼＼＼＼＼

【種族】ハンターLv31
【称号】〈迷宮の追跡者〉〈痛みに耐えうる者〉

＼＼＼＼＼＼＼＼＼＼＼＼＼＼＼＼＼＼＼＼＼

今、分かった。コイツは非常に危ない。

このハンターというやつは見た目からして攻撃力がとても高いだろう。それに〈痛みに耐えうる者〉だから、痛みとかは感じないんだろうな。正直、だいぶ厄介だ。こんな狭い迷宮に出てきていいような魔物ではない。

そいつは、こちらをじっと見ている。明らかに殺意の籠《こも》った目で。

そして、斧を引き抜いたそいつが、猛烈な勢いで突っ込んできた。


【スキル〈万有引力〉を発動しました】


さっきは死亡フラグが立ちまくるような発言（「ここは俺が食い止める！」）をしたが、死ぬつもりはない。むしろここでこのハンターを殺すつもりだ。

歯を食い縛《しば》り、ハンターにかかる重力をどんどん上げていく。

「ヴヴゥ……ヴヴヴゥ……」

ハンターからうめき声が聞こえてくる。しかしその歩みは止まらない。通常の何倍もの重力をかけているのにもかかわらずだ。それでも、さっきまでに比べれば動きが鈍くなっていた。

【〈忌み嫌われる呪刀《ライフ・ストッパー》：解呪〉を引用しました】

【スキル〈全力強振《フルスイング》〉を発動しました】

俺は一本の呪刀を構えた。

引用した「忌み嫌われる呪刀《ライフ・ストッパー》」は、〈加筆訂正〉によって防御力が低下する呪いを無効化している。これでペナルティなしで使える。だったらもう呪刀じゃないよね。

俺はハンターに斬りかかった。刀はハンターの肩から腰までを斜めに切り裂く。ただ、体皮が硬すぎて数センチしか刃が入らなかった。

ハンターが顔にかぶっている骨の隙間から血が噴き出た。どうやら勢いよく吐血したようだ。内臓のどこかを破壊できたのだろう。これで行動はかなり制限できたと思っていたが、俺はこいつの生命力を甘く見ていた。

「!?」

一瞬でその太い腕に俺の胴体が掴まれ、思い切り壁に投げつけられてしまった。衝突の瞬間に数本の骨が折れる痛みが伝わる。息ができず、ぼやける視界に映ったのは、ゆっくりと立ち上がるハンターの姿だった。

しかし、ハンターの足取りは不安定で、立つことも困難のようだ。さっきの俺の一撃が効いているらしい。これなら最初のような動きはできないだろう。

引用しておいた金属バットを左手に持ちながら立ち上がる。まだ体中が痛むが、〈再生〉で修復し続けているから大丈夫だろう。

【称号〈撲殺者《ハードヒッター》〉を発動しました】

【スキル〈万有引力〉〈強打〉〈怪力〉〈大力無双〉〈連打〉を発動しました】

最終準備を完了させる。これなら殺せるだろう。内臓の損傷で動きが悪い大男にさらに重力による負荷をかける。たまらずハンターは跪《ひざまず》く。そして、そいつの前で左手に持った金属バットを振り上げる。

迷宮内に鈍い音が響いた。

結果だけ言えば、ハンターは死んだ。

ただ、これだけ攻撃力を強化したのに、俺の腕力では頭部を陥没させるのが限界だった。首から上を粉々にするつもりだったのに、なんてやつだ。こんなのがダンジョンで初の敵とか、難易度高すぎないか。

それから少しだけ肉体の再生を待ち、二人の後を追った。

◇◆◇◆◇

二人を追って十分ほど歩き続けた。道には骨や腐敗した肉が落ちている。ここにはアンデッドが出現したようだ。町に来たのもここで湧いたやつだもんな。だから、あいつらレベルの魔物しかいないかと思ってたのに……

目の前でT字に道が分かれているが、その右に曲がったところが騒がしい。

〈敵意感知〉でもいくつかの反応を確認できる。

【〈銀の矢〉を引用しました】

【スキル〈放電〉を発動しました】

地下で炎を出すのはなんとなく怖い気がするので、〈放電〉を使うことにする。「銀の矢」を引用したのは、銀という金属は電気を通しやすいと聞いたことがあったからだ。

三本の矢を手に通路を曲がると、トエルとアルさんがいた。残っている敵は二刀流のスケルトンと……太ったゾンビが二体だった。アルさんの周囲には大量の死体が散らばっている。最初はかなりの数がいたんだろう。こんな狭い通路でよく戦えるよなぁ。

「あぁ、ミササギか。ちょうどいいところに来てくれた。人手が足らず困ってたんだ。そこのでかい二体を頼んだ」

スケルトンの二本の剣をさばきながらアルさんが話しかけてくる。うわっ、すごい余裕そうなんだけど。

ていうか、よりによってこの二体か。

別にグロイのは大丈夫なんだが、やっぱ臭いがなぁ……


【スキル〈鼻づまり〉を発動しました】


悩みの種がだいぶマシになった。二メートルに近い巨躯《きょく》が腹の脂肪を揺らす姿は気持ち悪い。しかもそんなのが二体だ。もう、すぐに目の前から消えてほしい。

俺に気付いた二体のゾンビがこっちに歩いてくる。


【スキル〈疾風〉〈刺突《しとつ》〉を発動しました】


そのうちの一体に接近し、矢を突き刺す。ゾンビは煙を出しながらバチバチと焼けている。あ、臭くなるから焼いちゃだめじゃん……もういいか。少しくらい我慢しないとな。

残りの一体にも、同じように銀の矢を突き刺して殺す。

「そっちも片付いたか。さすがだな、ミササギ」

肩に剣を担いだアルさんが爽やかな笑みを向けてくる。

汗一滴もかかずに彼は何を言っているのだろうか。あなたのほうがすごいですよ、アルさん。

「ミササギさん。無事でよかったです」

トエルも心配してくれた。狐の尻尾が左右に振れている。なんか、かわいいな。

必要なものだけ拾い集め、再び歩き出す。

ここまで俺以外負傷していないようだ。なんだか悔しい。

「さっきのやつはどうだった？　直接見ていないから何者だったのか分からないが……」

「あぁ、ハンターってやつでしたね。かなり強かったというか、死にかけたんですけど」

「ハンター!?　……そうか。まあ、いい。先に進もう」

え？　なんか意味深長なリアクション……。倒したらマズかったのだろうか。

でも、仕方ない。もう倒してしまったんだから、後悔しても遅いし。

そんな感じで、俺たちはダンジョンの探索を再開した。

このダンジョンは広い。それはもう探索するのが嫌になるくらいに。

アルさんが言うには、迷宮の主というのは、どのダンジョンにおいてもだいたい最深部におり、それを倒せばダンジョンを攻略したことになるらしい。

しかし中には、ボスを倒しても、しばらく経つと新たなボスが転送されてくるタイプの迷宮もあるようだ。そんな迷宮は、その周りに町が作られ、冒険者の修業場になっているとか。

ダンジョンに入ってから約三時間、ようやく下層への階段を発見した。T字路で二人と再会してからもかなりの敵と戦い、なかなか下への道を見つけられず、どうしようかと思っていたところだった。

　三人で階段を下りると、そこには大きな空間が広がっていた。だいたい学校の体育館ぐらいの広さで、天井もかなり高い。こんな空間を地下に造るなんてすごい、と素直に驚く。

「気を付けろ、なにか来るぞ」

　突然、アルさんが警告する。数秒後、向こうに見える扉から一人の全身鎧を着た騎士が入ってきた。すぐにステータスを確認してみる。


//////////////////////////

【種族】亡霊騎士Lv22
【称号】〈彷徨《さまよ》い歩く死の鎧〉〈剣の使い手〉

//////////////////////////

　以前、レベルという概念について本で調べてみたことがある。

　そこには「魔物のレベルは種族内での強さを表すものであり、他種族とは比べがたい」と記述されていた。簡単に言うと、レベル80のゴブリンとレベル10のドラゴンがいたとする。比べてみると、レベルが高いのはゴブリンだが、戦って勝つのはドラゴンだという。

要するに、レベルが高くても種族的に弱ければ意味がないということだ。

アルさんに聞いてみると、亡霊騎士はアンデッド族の中では強いほうらしい。なんと物理攻撃がほとんど効かず、魔法での討伐が一般的とのこと。ちなみにアルさんは魔法が使えないそうだ。俺だってもちろん使えない。ということは……

「トエル、頑張ってくれ」

「はいっ。でも、私の精霊魔法の攻撃系は少し詠唱に時間がかかります。なるべく時間を稼いでもらっていいでしょうか」

もちろんOKだ。今は、その作戦しか思いつかないし。

【称号〈撲殺者《ハードヒッター》〉を発動しました】

【スキル〈強打〉〈疾風〉〈怪力〉を発動しました】

いつも通り称号とスキルで能力を底上げし、さらに以前お世話になった鉄挺《かなてこ》を取り出す。あっ、血が付いたままだ。まあ、元から赤い色だったしいいか。

「準備はできたか？」

「あぁ、大丈夫。それじゃあ行きますか」
アルさんと俺の二人で騎士に向かって走り出す。

【スキル〈共闘〉を獲得しました】

まず、俺が騎士に殴り掛かった。騎士が反応する前に隙だらけの胴体に鉄挺《かなてこ》を打ち付けてやった。
周囲に鈍い音が響き、鎧が大きく歪む。
アルさんが続けて攻撃しようとしたが、騎士が剣を振り上げたため、アルさんはすぐに後ろに下がった。俺も慌てて下がるが、焦ってバランスを崩して倒れてしまった。そこに騎士が斬りかかってくる。

【スキル〈万有引力〉を発動しました】

俺は自分に掛かる重力を上方向に操作して飛び上がる。その動きを予測できなかった騎士は、反撃に失敗した。

【スキル〈疑似浮遊〉を獲得しました】

アルさんの横に着地し、すぐに騎士のほうを見る。アルさんは俺の様子に苦笑いしていた。そりゃ、急に空飛んだらビックリするか。

再び攻撃を仕掛けようとしたとき、トエルが俺の横を走り抜け騎士に突っ込んだ。慌てて止めようと思ったが、トエルの右手にはレイピア、左手には詠唱によって炎を纏った鞭《むち》が握られていた。

トエルはそれを騎士に対して振り回す。

灼熱の鞭が騎士を襲う。騎士は剣と盾でなんとか防御している。そこに俺とアルさんが援護しに行く。

俺は騎士の持つ剣と盾に重力による負荷を掛け続ける。ていうか、このスキルは便利すぎるな。

アルさんは騎士の背後に回り込み、斬撃を与える。トエルは正面から炎の鞭で攻撃する。


【スキル〈連携〉を獲得しました】


三人での一斉攻撃の末、とうとう騎士は剣と盾を落とし、そこに炎の鞭が直撃した。その瞬間、不気味な叫び声を上げ、騎士の鎧がバラバラに崩れ落ちた。なんとか倒せたみたいだ。

「ミササギさんっ！」

急にトエルが叫んだ。その声に驚いて振り返ると、トエルの顔は喜びで満ちていた。どうやら新しい職業を獲得できたらしい。トエルのステータスを確認してみた。

//////////////////

【名前】トエル・ルディソーナ
【性別】女
【種族】エルフ　狐天族
【職業】戦士《ウォーリア》Lv16　剣士《フェンサー》Lv11　魔法戦士《ミスティックウォーリア》Lv1
【称号】〈混血種〉〈冒険者〉〈風の指揮者〉

//////////////////

おぉ、本当だ。「魔法戦士《ミスティックウォーリア》」という職業が増えてる。ていうかレベルが大幅に上がっているな。

ここのダンジョンは、トエルのレベルでは早すぎたということだろうか。アルさんに聞いたみたら、
彼も1、2くらいレベルが上がっているそうだ。

じゃあ、俺も？　……残念、レベル1から上がっていませんでした。

どんだけ経験値が必要なんだよ。

騎士のドロップアイテムを拾ってから、部屋の反対側の、ちょうど騎士が入ってきたところから進んでいく。扉の先はすぐに下りの階段になっていた。

そこを下っていくと、さっきまでと同じような通路が続き、右と前に道が続く。俺たちはL字通路の直角の部分にいる感じだ。

あ、右側の通路から何かが近付いて……

「逃げるぞ、ミササギ。アイツはまずい」

そう言ってアルさんは、トエルを連れて前方の道を走っていった。

あ、ほんとだ。またハンターが来た。しかも今度のやつはさっきのよりもデカいし、両手で巨大なウォーハンマーを掲げて突っ込んでくる。

見ればレベルは40で、体色も赤紫色。決してこんな狭い通路で戦うような相手ではない。そもそもたった三人で倒すような敵ではないと思う。

【スキル〈万有引力〉を発動しました】

ハンターに掛かる重力を上げまくる。しかし全く効果がないようだ。じゃあ、俺も逃げないとな。

【スキル〈疾走〉〈疾風〉〈脱走《エスケープ》〉を発動しました】

【〈閃光手榴弾：効果倍増〉を引用しました】

指で耳を塞ぎながら、全力で二人の後を追いかける。もちろんその場にはピンを抜いた閃光手榴弾を残しておいた。

「二人とも絶対に振り向くなよー！」

一応、前の二人に警告しておく。その直後、後ろから爆音が響き、化け物の咆哮《ほうこう》が通路に反響した。耳を塞いでいるのにとてもうるさかった。

【スキル〈耳栓〉を獲得しました】

どんどん五感に優しいスキルが増えていく。あぁ、ありがたい。

音が炸裂した直後、閃光によって自分の影が一瞬伸びた。あんなのを直視したら目が潰れるな。爆発が収まった後、走りながら振り返ってみると、ハンターは目を押さえていた。なんとか効果はあったみたいだ。

前を見ると二人が俺を待ってくれていた。どうやら通路の先がまたT字になっているようだ。ここはアルさんの判断に任せ、左に曲がることになった。さっきの通路から何かが崩れる音が連続で聞こえてくる。

……このダンジョンが壊れてしまわないことを祈ろう。

ここの階層は迷路になっているらしい。さっきのハンターから逃げて五分ほどだが、もう十回は分かれ道に遭遇している。しかも何度か行き止まりになっていて、引き返したことすらあった。

「ここは面倒だなー」

「そうですね、方向感覚が狂ってしまいそうです」

俺はダンジョンに入ってから数分で方向感覚が狂っていたのだが、まだ、トエルは方角が把握できているらしい。普通にすごいな。しかし、視界に変化がないので退屈だ。

「……へ？」

あ、なんか俺が踏んだところがカチッて鳴ったような……

「――――!?」

突然通路の壁から音もなく木の杭が飛び出し、俺の脇腹に深く刺さる。血がかなりの勢いで流れ出し、足に力が入らず、俺は派手に倒れた。俺の異変に気付いたアルさんが慌てて俺のほうへ近付いてくる。慎重に杭を抜いてくれたが、むちゃくちゃ痛い。

「ミササギ！　しっかりしろ、すぐに傷口を縫うから……」

「いや、ひ、必要な……いので……。すぐ、よくなる、し……」

「もう話すな、傷口が開く。……ふむ、内臓が潰れまくっているが、たしかこのアイテムで修復できるはず……」

「あっ、もう大丈夫です。まだ痛むけどなんとか動けますね」

「……そうか」

ごそごそと荷物を探っていたアルさんはポカーンとしていた。まあ、明らかな致命傷を食らったのにもかかわらず数十秒で完治している俺のほうがおかしいわけだが。トエルはもう知っていたので、通路に座ったまま何事もなかったかのように待っている。

「ひょっとしてスキルとかの効果か？」

「はい、だから即死じゃなかったら、負傷しても大丈夫だと思いますよ」

アルさんは俺のこんなチートくさい能力を素直に受け入れたようだ。それはこの世界ではこういうスキルが平気でいくつも存在しているからなんだろうか。それとも、彼も似たような能力を持っているのだろうか。

ともかく、これ以降は罠の存在にも気を付けて進んだ。その結果、いくつかの罠を発見して外すことができた。


【スキル〈罠探知《トラップサーチ》〉〈罠解除《トラップキャンセル》〉を獲得しました】

ようやく階段を見つけることができ、下の階層へ行く。そういえば、このダンジョンって何階層まであるんだろうか。百階とかだったら、どうしよう。こういうところは精神衛生上よくないので、できれば長居したくないな。

それからは特に変わったことはなかった。アンデッドが出てくることはあったが、俺たちの敵ではなかった。ダンジョンの構造も今までと似たような造りだったので進むのも楽だった。しばらく歩いて階段を見つける。その繰り返しで進んで行った。

もうだいぶ地下に潜っている気がする。数えていなかったので正確には分からないが、たぶん十階層くらいだと思う。そんな繰り返しに飽きてきた頃、とある階層に到着した。

この階層は広い通路が一本続くだけだ。一定の間隔で壁に松明が掛けられていて、今までとは雰囲気が違う。奥には無駄に豪華な扉も見える。

「やっとかな……」

「そうですね」

「間違いないな」

三人同時に確信した。ここはダンジョンの最下層だ。

そういえば、ダンジョンのボスってどんな感じなのだろう。

二人に聞いてみると、迷宮のボスは、そのダンジョンに出現する魔物と同種の場合が多いらしい。

まあ、あくまで傾向なので、必ずというわけではないらしいが。

だとすれば、ここのボスはアンデッド系だと思う。ハンターみたいなのがボスだったらイヤだな。

そう思いながら通路を進み、両開きの扉を勢いよく押した。

◇　◆　◇　◆　◇

扉を開いた先には、とても大きな空間が広がっていた。亡霊騎士がいた部屋より数倍は大きい。ここは今までと違い、床も壁も天井も全てきれいに造られている。まるでここだけ、どこかの城の広間のように。

そんな部屋の奥、玉座に腰掛ける人影が見えた。

残念ながら俺の眼では、あそこまで遠くの対象のステータスは確認できない。

「珍しい敵だな。どう見ても人間にしか見えない」

アルさんには見えるらしい。なんて視力なんだ。本当にどんな称号やスキルを持っているか知りたいな。

謎の人影は、足を組んだまま玉座に座っていた。動く気配はない。

俺はチート本による武装を整えた。

【〈狙撃銃《スナイパーライフル》：追跡弾〉〈欺《あざむ》き騙《だま》す幻惑の指輪〉を引用しました】

【称号〈他を駆逐する狙撃手〉を発動しました】

【スキル〈狙撃《スナイプ》〉〈一撃必殺《ワンショットキル》〉〈精神集中〉を発動しました】

〈欺き騙す幻惑の指輪〉とは、装備者が意図した幻覚を対象に見せることができるという指輪だ。効果はそこまで高くないが、最大で数分ほど持続する。これで、アルさんの目には俺が剣を構えているように見えるはずだ。

彼の横で悠々と狙撃銃《スナイパーライフル》を構える。

【スキル〈視覚誤認〉を獲得しました】

敵が動かないのなら好都合だ。正直、相手が人間の姿だろうが躊躇《ちゅうちょ》は全くない。伏せたままの姿勢で相手の頭部に照準を合わせた。

ここから敵まではかなり距離がある。狙撃を成功させるのは至難の業だ。しかし〈加筆訂正〉によって改造したこの狙撃銃《スナイパーライフル》に装填されているのは追跡弾である。命中率は大幅に上がっている。

引き金を指に掛け、ほんの少しだけ力を込めた。

高速で発射された弾丸は吸い込まれるようにボスに向かっていく。しかし、命中を確信したその瞬間、ボスの目の前にデカい岩の塊が現れた。弾丸は床から出てきたその塊にめり込んでいる。

「チッ、ゴーレムか……」

アルさんは舌打ちをして剣を構えた。

ボスの前に現れた岩の塊はゆっくりと動き始め、徐々に人型に変わる。

そして十秒ほどで、体長四メートルほどのゴーレムと呼ばれる魔物になった。なぜかゴーレムは体から淡い光を発している。アルさんに聞いてみると、あの光はゴーレムの動力源である魔石によるものらしい。その魔石を壊さない限り、ゴーレムは活動を止めないそうだ。しかも、大半のゴーレムは魔法耐性まで持っているとか。

ゴーレムはこちらに来ようとせずに、ボスの横で待機していた。言わば、ボディーガードのような役目なのか。

突然、ボスが片手を上げた。妖しく光る手の中に見えたのは魔法陣。

俺は急いでボスの手を狙って狙撃したが、ゴーレムによって再び防がれる。

ボスの不可解な行動はそれで完了したらしく、手を静かに下ろした。

次の瞬間、眼前の地面から生まれ出たのは、大量のアンデッドである。その数およそ百体程度。ほとんどが巨大なスケルトン、ゾンビウルフ、デブのゾンビなどの特殊個体ばかり。さすがにハンターや亡霊騎士はいないようだが。


【称号〈一騎当千〉を発動しました】

【スキル〈投擲《とうてき》〉〈怪力〉〈鼻づまり〉を発動しました】

【〈装甲車：巨大化〉を引用しました】

戦闘の準備はできた。大切な〈鼻づまり〉も忘れずに発動している。そうこうするうちにアンデッド軍が向かってきたので、俺は迎え撃つ態勢をとった。

ちなみに今回引用した装甲車は、乗るためではない。それなら同時に〈殺害運転技術《キリングドライブテクニック》〉を発動するし、そもそも普通の三倍ほどのサイズで引用したので人間では運転できない。

では、なんのために引用したのか。

俺は巨大な装甲車を持ち上げ、前方に投げつけた。装甲車は大きく回転しながら魔物をなぎ倒していき、アンデッド軍の最後尾辺りまでたどり着くと、大きな音を立てて大爆発した。

アルさんがぼそっと感想を漏らす。

「……さすがだな。今ので数十体は死んだぞ」

どうやら、もう指輪の幻覚効果が切れてしまったらしい。もしくは、アルさんの状態異常耐性が高すぎるのか。どちらにせよ、アルさんのリアクションも薄いようだし、俺の能力を隠す必要はもうあるまい。

爆発によってできた隙を狙って、さっそくアルさんが斬り込んでいった。その動きに反応できない魔物たちは、見る間に数を減らしていく。

トエルも頑張っている。新しい職業による特殊効果なのか、素早い詠唱で精霊魔法を発動。炎の鞭で敵を焼きながら、もう一方の手に握られたレイピアで敵を斬りつけていく。彼女も着々とチート化が進んでいるようだ。

それでは、俺も行こうか。


【スキル〈万有引力〉を発動しました】

敵を狙わずに、床の重力操作を行う。可能な限りの重力負荷を床に与えた結果、深さ二メートルほどの穴ができた。その上にいた約二十体の魔物が次々と落下していく。


【スキル〈地盤沈下〉を獲得しました】

【称号〈朱雷の魔人〉を発動しました】


すかさず俺は、赤い電流を纏った「朱雷モード」になり、出力を最大にして赤い雷を穴の中にたたき込んだ。それによって穴の中の魔物たちは一匹残らず灰になった。

この間もトエルとアルさんが無双しており、百体ほどいたはずのアンデッドはあっという間に全滅してしまった。残るはボスである。玉座のほうに目をやってみたが、慌てる様子はないようだ。

「あいつ、余裕そうだな」

「そうですね、なにか策があるのでしょうか」

「そう考えるのが妥当だろう。油断するなよ」

三人で周囲を警戒しながら玉座を目指す。距離にして約二百メートル。走らずにゆっくりと近付いていく。

そのとき、俺の〈敵意感知〉が激しく反応した。トエルの耳がピクッとし、アルさんも俺のほうを振り返る。

三人一斉に転がってその場を離れ瞬間、天井が崩れ、何かが降ってきた。フロア一帯に凄まじい音が鳴り響く。


【スキル〈直感〉〈緊急回避〉を獲得しました】


土煙が収まったとき、そこにいたのは、あの赤紫色のハンターである。

俺たちを追って天井をブチ抜いてくるとか、その執念が怖い。手に握られているのは、もちろんウォーハンマー。やっぱりコイツと戦わないといけないのか……

「ミササギ、ハンターは物理耐性はあるが、魔法には弱い。こいつはトエルに相手をさせるべきだ」

そう叫ぶアルさんを制して、俺はハンターの前に立った。

「いや、俺が行きます。トエルがコイツの攻撃を食らったら、間違いなく即死ですからね。二人は俺が戦っている間にボスを倒しておいてください」
そういえば、ここまでの戦闘でハンターと遭遇したら、いつも俺が囮《おとり》になっているな。でも、この三人の中でこのハンターと戦うとしたら俺が最適だと思う。なにせ俺は〈再生〉を持っているんだから。
アルさんをなんとか説得し、トエルと一緒にボスのもとへ向かってもらう。
しかし、ハンターが二人の行動を止めようと襲い掛かってきた。

【スキル〈早撃ち〉を発動しました】

俺は、ハンターの頭部に向かって短機関銃《サブマシンガン》を撃ちまくった。ハンターのかぶる魔物の骨にヒビが入り、動きが一瞬止まる。
鋭い視線が俺を射抜いてきたので、中指を立てて応えてやった。

【スキル〈牽制射撃《けんせいしゃげき》〉〈挑発〉を獲得しました】

獲得したばかりの〈挑発〉を発動し、ハンターに石を投げつける。もちろんダメージはないが、ハンターの意識が完全に俺に向けられる。骨から覗く目からは、殺意が満ちあふれていた。あ、普通に怖いんですけど。

ともかく、二人から注意を背けさせるのには成功したようだ。攻撃対象を俺に絞ったハンターがウォーハンマーを振り回しながら突っ込んできた。


【スキル〈洞察眼〉〈風纏《まと》い〉を発動しました】


一つ一つの攻撃の軌道を見極め、さらに風の膜を利用することで躱《かわ》していく。ハンターの動きはそこまで俊敏ではないので助かった。でも、巨大なハンマーをその速さで振り回してるわけで、やはり常識外の動きだと思う。ハンマーの風圧だけでもダメージを受けそうだな。

しかし、なかなか倒す方法が見つからない。攻撃を加える隙はあるのだが、一撃で決めなければ間違いなく反撃を食らってしまうため、うかつに手を出せないのだ。下手すれば即死だってあり得る。だからって遠距離攻撃では破壊力に欠ける。

ハンターの攻撃を回避し始めてから三分ほど経過した。ハンターの攻撃はハンマーを振り回すという単調なものだったが、集中力が途切れた瞬間に攻撃が掠ってしまった。その衝撃で体勢が大きく崩れる。

「くっ、ヤバいな……」

ダメージは大したことないのだが、咄嗟に動くことができない。

ハンターがこの隙を逃すはずがなく、振り上げたハンマーを俺の脳天めがけて叩きつけてきた。

俺の頭は一瞬で砕け散り、ハンマーと床の間で押しつぶされた肉体も、原形がなくなるほど潰されてしまった。そして、血に染まったウォーハンマーを担ぎ上げたハンターは、残りの獲物に狙いを定め……

という幻覚を見せてみた。今、ハンターの目にはミートソースになった俺が見えていることだろう。

実は戦闘が三分に達する頃から、俺は先ほど覚えたスキル〈視覚誤認〉を発動してハンターに幻覚を見せていたのだ。

そして、俺を倒したと思い込んで隙だらけになったハンターの背後に、俺は立っている。


【称号〈爆弾魔《ボマー》〉〈破滅をもたらす者〉を発動しました】

【スキル〈全力強振《フルスイング》〉〈刺突《しとつ》〉〈不意打ち〉〈大力無双〉を発動しました】

【〈赤竜の手甲：爆破〉を引用しました】


引用した赤竜の手甲を装備した俺は、ハンターの背中に突きを繰り出した。称号とスキル、おまけにやたらと硬い手甲で強化された一撃により、ハンターの背中には俺の手が突き刺さっている。

ハンターは痛みを感じ取れないため、俺に攻撃されたことにさえ気が付いていない。そこで俺は、力任せに腕を押し入れ、そのまま引き抜いた。

その手は手甲を装備していない。

俺がハンターから飛び退いて離れると、やけにくぐもった爆発音が響き渡り、ハンターはその場に倒れた。赤竜の手甲に爆破機能を付与しておいたのだ。外部からの物理攻撃には強くても、内部への直接攻撃には耐えられなかったようだ。


【称号〈翻弄者〉〈慈悲なき処刑人〉を獲得しました】

【スキル〈一点集中〉〈奇策発案〉を獲得しました】


さて、必要なものは回収したし、二人の援護に行きますか。

そう思い、前方に目をやると、二人の冒険者が巨大なゴーレムと戦っていた。

11　咄嗟の閃き

急いでトエルとアルさんの援護に向かう。しかし、そこにいたのは巨大化して十メートルほどになったゴーレムだった。

一目見ただけでコイツのヤバさが理解できた。油断すれば、一瞬で殺されてしまうだろう。とりあえず身体能力が強化される称号やスキルを発動しておく。出し惜しみしてる場合じゃないしね。

ボスは、ふわりと浮かび上がってゴーレムの肩に乗っていた。高さ的にも簡単には攻撃できないし、なにやら変なバリアーみたいなものを纏っているようだ。ボスの周りをドーム状に覆う薄い膜のようなものが見える。

攻撃はゴーレム、防御はバリアーか。なかなか攻守のバランスがいいな。さすがダンジョンのボスといったところか。

「三方向から同時に攻めるぞ。まずはゴーレムを破壊するんだ」

「分かりました」

「了解」

アルさんの指示に従い、それぞれがゴーレムの周りに散った。

上から見ればちょうど三角形を作っている感じ。そこから三人の一斉攻撃でゴーレムを破壊する。それがアルさんの考えた作戦だ。

トエルにはいくつかの武器を入れた魔法の鞄《マジックバッグ》を渡してある。ゴーレム相手にレイピアでは不利だろうからな。

【スキル〈万有引力〉を発動しました】


俺は、ゴーレムに負荷を掛けて動きを止めながら手榴弾を投げつける。アルさんとトエルは、ゴーレムが怯んだところに接近し、直接攻撃を仕掛けていく。

この三人での戦いにもかなり慣れてきたな。

しかしゴーレムはかなり頑丈で、ほとんどダメージを与えられない。手榴弾による爆発でも表面を削る程度であった。

しかもボスもただ黙ってゴーレムの肩に乗っているわけではない。時々、アンデッドを召喚するのだ。それを排除しながらの攻撃はかなり面倒だったので、途中から俺は「朱雷モード」を使いっぱなしで戦うことにした。見ればアルさんも例の獣みたいな雰囲気を纏って、少しでも目を離せば見失うくらいの速さで移動し続けている。

そんな戦いがしばらく続いた。

さすがのボスも疲れてきたのか、少し前からアンデッドの召喚を行わなくなった。ＭＰ切れというやつかな。ゴーレムの肩の上で苦しそうに息をしている。しかしバリアーのほうはなくなる気配はない。用心深いやつだな。

俺たちのほうも多少は疲労している。特にトエルがきつそうだ。彼女はアンデッドを倒すときに精霊魔法を使っていたからな。精神的に疲労が激しいのかもしれない。ちなみにアルさんはほとんど息を切らしていなかった。

「ふう、さすがにこのままだとツラいかな……」

実は俺もかなり危ない感じだったりする。これまで〈万有引力〉と「朱雷モード」を長時間使用したことはなかったためか、少し眩暈《めまい》がしていた。これのおかげでゴーレムの動きをかなり制限していたが、それもそろそろ限界かもしれない。

「二人とも、ちょっとゴーレムが暴れるかもよー」

スキルを解除する前に二人に声を掛けておく。そして〈万有引力〉を使うのをやめた。

その途端、地響きを立てて巨大なゴーレムが俺に向かって突進してくる。さっきまで重力でゴーレムを押さえつけていたのが俺だとバレているみたいだ。

急いで逃げながら、俺は大量の地雷を落としていった。対ゴーレム用に〈加筆修正〉で巨大化させたものだ。

ゴーレムに踏まれた巨大な地雷たちは連鎖して爆発し、その巨大な脚を一気に破壊していく。膝から下を失ったゴーレムは腕を使ってなんとか姿勢を保っている様子だ。

「おぉー。だいぶ楽になったかな」

これにはボスも焦っていた。フードの奥に僅かに覗く目は明らかに俺を睨みつけている。そんなに怖い目をしないでほしいな。

「よしっ、今度は俺が行く！」

アルさんがそう叫んで、ボスに向かって飛びかかった。

しかし、よほどバリアーが硬いのか、いくら攻撃しても壊れる様子がない。俺もただ見ているだけではいけないな。散弾銃《ショットガン》を取り出して連射した。

「あっ、やっぱり無理か……」

予想はしていたが、散弾はバリアーに弾かれて地面を転がった。

足を失ったゴーレムは動くことができないので、反撃の心配はないが、あの硬いバリアーの前では、こちらの攻撃も届かない。

そうこうしているうちに、ボスが何やらヤバそうな魔法陣を自分の足元に出現させた。何が喚び出されるのか分からないが、〈直感〉があれを阻止しなければいけないと囁く。

何か策を考えなければ。

そのとき突然、一つのアイデアが浮かんだ。

これが成功すればバリアーを破壊できるかもしれない。その可能性を信じてチート本を開く。

【〈ミョルニル：制限解除〉を引用しました】

俺が出現させたのは、「打ち砕くもの」と言われる伝説のウォーハンマーだ。

本来なら俺には扱えない武器だが、〈加筆修正〉によってその制限を無理やり外した。これが可能かは一か八かだったが、なんとか成功してくれたようだ。

ずしりと重量感のあるハンマーを持ち上げ、〈投擲《とうてき》〉でボスに投げつけた。回転しながら飛んで行った戦鎚《せんつい》は何の抵抗もなくバリアーを叩き割り、そのまま壁に大きな穴を空けた。


【称号〈破壊者〉を獲得しました】

【スキル〈防御破壊〉を獲得しました】


ボスは俺の攻撃をギリギリで避けたが、バランスを失ってゴーレムの肩から転げ落ちた。そこをアルさんに捕らえられる。ボスが足元に出現させていた魔法陣は消滅したようだ。

俺はもう一度ミョルニルを取り出して、無抵抗のゴーレムの胴体を砕き、体内から魔石を抜き取った。これでもう動き出すことはないだろう。

「なあ、こいつはどうする？」

アルさんがボスを地面に押さえつけ、油断なく監視しながらつぶやく。

「まあ、殺すしかないよね」

俺たちを殺そうとしたんだから、当然の選択だと思う。

「じゃあ、殺すぞ」

「いや、俺がやりますよ」

ボスの首を刎《は》ねようとしているアルさんを止め、ボスに近付いていく。

そしてチート本を開き、開いたページをボスの胸に押し付けた。そして木の杭を引用する。

少しの抵抗が伝わってきた後、ボスが動かなくなった。そのまま杭ごとボスの死体をチート本に回収する。わざわざグロい死体を晒しておく必要はないからね。

とにかく、これで一区切りついた。戦闘が終了して立ち上がると、立て続けにメッセージが表示された。

規定経験値を突破しました
異世界放浪者がLv２になりました
獲得済みの称号、スキルが強化されました
条件〈迷宮主殺害〉が達成されているため、ボーナスが与えられます
【スキル〈神罰の鉄槌〉〈魔力壁展開〉〈魔石利用〉を獲得しました】

なんかレベルが上がった。

ていうか、ようやくレベル２か。俺の職業は一回のレベルアップに一体どれだけの経験値が必要なんだろう。

【称号〈迷宮攻略者〉を獲得しました】


「じゃあ、帰ろっかー」

「そうだな」

「早く帰りたいですね」

こうして俺にとって初のダンジョン攻略は、無事終了した。

12　歴戦の戦士の実力

ダンジョンから脱出した俺たち三人は、今、その入口にいる。

「あっ、ダンジョン壊してって言ってたっけ？」

「そうですね、たしか騎士団の団長さんが言ってましたね」

ボスは倒したが、できたらダンジョンを壊して欲しいとの依頼だったので、きっちりと破壊することにしたのだ。

【称号〈爆弾魔《ボマー》〉を発動しました】

【〈ダイナマイト：巨大化〉を引用しました】

両手で抱えるほどのダイナマイトを出現させ、ダンジョンの入口に設置する。

「はいはい、二人とも危ないから離れてー」

そう言いながら俺も退避する。数秒後、ダンジョンの入口が爆発し、洞窟が崩壊し始めた。

【スキル〈地盤沈下〉を発動しました】

念のため、爆発地点の地面も崩落させておいた。これでゲーナの騎士団は安心するだろう。

「じゃあ、ゲーナに帰りますか」

ダンジョンからゲーナまではすぐに着いた。ダンジョン内での移動時間に比べたら微々たるものだ。

町に入ると、すぐに騎士団の人たちが集まってきた。ずっと待っていたのか。俺たちがだいたいのことを報告すると、数人の騎士が町から飛び出していった。何事かと尋ねると、迷宮の確認に行ったのだと返された。俺たちがちゃんと攻略したか見に行くらしい。今行っても、土砂崩れみたいな跡しかないんだけどな。

その後、騎士団長に会った。そのときにはすでにダンジョンの確認は終わっていて、団長からとても感謝された。でも、ダンジョンを壊してほしいというのは、それだけの覚悟で行ってきてくれ、という意味だったらしい。うん、そういうことはちゃんと言ってほしい。

騎士団からは、高原での戦闘報酬も含めて金貨十枚をもらうことができた。もちろんこれを三人で分配するわけだが……

「すごいな、こんな報酬は滅多にもらうことはないぞ」

滅多に、ということはたまにはあるんだ。さすがアルさんだ。

「で、どうやって分配する？」

俺が尋ねると……

「私はどういう風に分けても構いません」

「俺も別に金には困ってないんでね」

二人とも謙虚というか、なんというか……。もう均等に分ければいいか。銀貨は俺が大量に持っているので細かく両替もできるし。そう思っていたのになぁ……

「えーと、なんでこういう流れになったんだっけ？」

「確かミササギさんが、どうせなら盛り上がるようなことしようぜ！　と言ったのが原因だったと思いますよ」

「あー、そういえばそうだったな」

今、俺たちはゲーナの広場にいる。

ここは主に冒険者が模擬戦を行う時に使うそうだ。そして俺たちも、その主な使い方をするために来ていた。

「じゃあ、ルールの確認をします。時間は無制限。武器、称号、スキルの使用は禁止。もちろん殺してはいけません。試合が続行不可能と判断できる状況になった場合、こちらから止めに入ります」

立ち会い人になってもらったゲーナ騎士団の団長がそう宣言し、俺の十メートルほど向こうにいるアルさんは構えた。

うわっ、本気の目だよ。俺、殺されるんじゃないか？

こうなった原因は、トエルの発言から分かるように俺にあった。

十枚の金貨を三枚ずつに分けた残り一枚の金貨を懸けて模擬戦を提案したのだ。しかし、あの時気が付けばよかった。すでにアルさんの目が戦闘モードになっていたことに。

俺は半分遊びのつもりだったんだけどなぁ。しかもスキル、称号使用禁止とか俺に不利じゃないか？　あっちは職業補正があるし。

「それでは戦闘を開始してください」

団長の開始宣言の直後、アルさんの姿が消えた。

結果、負けました。

耐えられたのは三分くらいで、常に圧倒されていた。武器の使用が禁止だったので二人とも素手だったが、アルさんの攻撃はほとんど見えない。俺は動体視力もいいはずなのに、蹴りが飛んできたときは、気が付けば顎に衝撃を感じていた。

ある程度対抗できるかと思っていたのに、全くダメだった。きっと俺の体はアザだらけになっていることだろう。

「大丈夫か、ミササギ。手加減したからそこまで痛くなかったろ」

「え……い、今ので本気じゃないとか……」

トエルはジュースと果物を持って、観戦用のイスに座って見ていた。あぁ、意外と冷たいんだね。それとも俺の再生力を知っているから心配していないのかな。

俺はゆっくりと立ち上がりながら、アルさんに話しかける。

「あー、いててて。アルさん強すぎですよ」

「ミササギは戦い方がなっていないんだ。ただ、そこは経験を積んで直していけばいいさ。まだまだ若いんだからな」

そういうことを話している間に、〈再生〉の効果で動けるようになってきた。

「勝者はアルバート様ということで、金貨一枚が進呈されます」

団長が金貨をアルさんに渡す。

まあ、俺もお金に困ってないからいいんだけどね。ほぼ無傷なアルさんは金貨を魔法の鞄《マジックバッグ》にしまった。

「それじゃあ、ミササギ。今度は禁止ルールを解除して戦わないか。殺害以外何でもありで」

アルさんが恐ろしい提案をする。「マジかよ、無理だよ」なんて思っていると――

「私もその案に賛成です！　ミササギさんの真の強さは能力を使ってこそです！」

トエルはノリノリである。俺は必死になって二人を説得した。

「でも、今日はやめませんか。疲れたし、もう寝たいんです」

せめて今日だけは避けたい。だってダンジョン帰りだよ？　アルさん、あんた元気すぎないか？

少しは休もうぜ。

「そうだな、やめておこうか。それじゃあ、団長さん。明日の昼ごろ、ここを使わせてもらえないか？」

「はい、結構ですよ。私はいつでもおりますのでお越しください」

とりあえずこれで、帰路に着くことになった。あまりに疲れてしまった俺は、部屋に着いて、すぐに寝てしまったのだった。

「……サギさん、ミササギさーん」

「‼」

翌朝、トエルが俺の名を呼ぶ声で目が覚めた。

目を開けると、すぐ近くにトエルの顔があって、俺の顔を覗き込んでいる。あまりにビックリしたので布団に潜ってしまう情けない俺。あぁ、彼女には自分の容姿に関してもう少し自覚を持ってほしいものだ。というか、寝顔を見るのは普通にやめてほしい。

布団にくるまっていると、トエルの急かすような声が聞こえてくる。

「今日はアルさんとの模擬戦ですよ。早めに起きて体を慣らしておきましょうよ」

「んー、もう少しだけ寝たい……」

「ダメですよ！　あと少しでお昼なんですから」

もう、そんな時間か。俺はモソモソと起き上がり、首を鳴らした。ちなみにアルさんは昨日の模擬戦の後、一人でトレーニングをしていたらしい。いやぁ、すごいですねアルさん。

朝食を食べた後、トエルと二人でゲーナの観光に行く。模擬戦の後にアルさんも加えて三人で観光に行く約束もしていたが、この町はとても広い。だから、少しだけ予習しようということで買い物に来たのだ。まあ、早く町の本屋を覗きたいというのが本音なんだが。

まずはアクセサリーショップに入った。アクセサリーショップといっても、ただの装飾品ではなく、戦闘で効果を発揮する物ばかり。俺が吸収した本の中には武具の図鑑もあったが、アクセサリー類は載っていなかったので、実物を見ようと思ったのだ。

「いらっしゃいませ。何かお探しですか」

カウンターから若い女性が話しかけてくる。ステータスを見ると、吟遊詩人と防具商人の職業を持っていた。吟遊詩人って、なんかおしゃれだな。

「いえ、特に買うものは決まってないです」

「それならこの商品なんてどうですか」

「へえ、これはどんな効果を持ってるんですか」

「これはですね、装備すると魔法耐性が上がります」

「じゃあ、こっちは？」

「こちらは炎を伴う攻撃の威力が上昇します」

「この腕輪はなかなかいいですね」

「おぉ、お目が高いですね。こちらの商品は敏捷性《びんしょうせい》と攻撃力がかなり上昇します。少々、値は張りますが、その価値は十分にありますよ」

「トエルはどう思う？」

「えっと、なるべくアクセサリーの装備はあったほうがいいですね。応用が利きますし、いざという時に役に立つと思います」

「そっか。じゃあ、コレ買います」

「ありがとうございます。他にもたくさんありますが、ご覧になられますか」

「はい、お願いします」

こうして模擬戦までの時間をすべてこの店に使ってしまった。まあ、収穫はあったので良しとしよう。使った金額は、合計で金貨四枚ほど。かなりの出費になったが、店員さんも喜んでくれて、いくらか割引してもらった。

たくさん買った中で、とりあえずトエルには敏捷性と攻撃力が上がる腕輪を装備してもらった。彼女の長所であるスピードを伸ばしつつ、弱点の力不足を補う作戦だ。精巧な作りのその腕輪は、彼女に似合っている。ていうか、美人にはなんでも合うか。

俺は幸運になれるという、前世ならかなり怪しい売り文句の指輪を買った。俺は能力上昇系のスキルや称号はたくさん持っているので、おもしろそうな効果だったこれを選んだのだ。さっそく指輪をはめてみる。


【スキル〈強運〉を獲得しました】


あ、効果は本物だったようだ。ここでたとえ何も起こらなくても納得していたのに。ファンタジーな世界は運の良さも買えるんだね。もちろん、このスキルは〈再生〉と同様に常時発動にしておく。これで、指輪とスキルの二重の効果を得られるようになった。感覚的には何も変化はないが。

とりあえず、大量に買ってしまった残りのアクセサリーをトエルに預けている魔法の鞄《マジックバッグ》に入れておく。

「あの、ありがとうございます」

「いいよいいよ。喜んでもらえて俺もうれしいよ」

今回の買い物は俺がお金を払った。お金の使い道はかなり限られているので別に構わなかったのに、トエルにすごく感謝された。顔を赤くして何度もお礼を言ってくる。よっぽど腕輪を気に入ってくれたのだろうか。

この後、時間もないので広場に向かった。ここからそう遠くないし、すぐに着くだろう。買い物はかなり楽しかったが、これから戦うことを考えると気が重いな。昨日のようにボロ負けしないように頑張ろう。

◇◆◇◆◇

待ち合わせ場所には、すでにアルさんが待機していた。時間にルーズな俺とは大違いだ。

「やっと来たか。……なかなか面白い装備をしてきたな」

さっそく指輪に気付かれた。この人、マジでこわい。

「今日は負けないですよ。なんたって、能力を使ってもいいんですから」

細かいことを言えば、広範囲を破壊する危険な能力は使わないと二人で決めてある。ここはゲーナの町の外れで、人はほとんどいないが、一応町の中だしな。

「大した自信だな。戦うのが楽しみだ」

アルさんは笑いながらこちらを見ている。こんな人に本当に勝てるかな……

「では、私はここで失礼させていただきます」

そう言って団長が広場を後にした。実は今回の戦いの立ち会い人はトエルにしたいとお願いしておいたのだ。これで、実力をごまかす必要もなくなった。

「それでは、両者正々堂々戦ってください」

トエルの発言で、俺とアルさんの戦いが始まる。

開始するや否や、アルさんがいきなり斬りかかってきた。両手で持つ大きなバスタードソードを今にも振り下ろそうとしている。それにしても動きが速すぎる。何かスキルを使ったのだろうか。


【スキル〈洞察眼〉を発動しました】


先制攻撃をサイドステップで避けつつ、俺も手に持つバットで殴りかかる。が、気が付いた時にはアルさんの蹴りによって後方へ吹き飛ばされていた。地面を何度かバウンドし、木に激突した。口内の血を吐き捨て、頭を何度か振る。〈再生〉がなかったら、今のでアウトだったな。

若干ふらつきながらも立ち上がる。

「どうしたミササギ。まだまだ本気じゃないんだろう？」
剣を構えながらアルさんが近付いてくる。しょうがない。少し卑怯だと思うが、一気に畳みかけるか。

【スキル〈万有引力〉〈地盤沈下〉を発動しました】

アルさんの立つ地面を崩壊させ、さらに彼自身にも重力の負荷をかけた。この連続攻撃によってアルさんは腰まで地面に埋まっている。今なら動けないはずだ。

【スキル〈突進〉〈二刀流〉〈怪力〉を発動しました】
【〈日本刀：超振動〉を引用しました】

片手にバット、もう一方に刀を持って突進する。抜け出すのを諦めたのか、そのままの体勢で剣を構えるアルさん。これならいけるだろ。
まず、刀で斬りかかった。アルさんは剣で受け止めたが、俺の引用した日本刀の刃は振動しているので、破壊力が上昇している。さらにスキル〈怪力〉も発動させている。ゆえに……
俺の一撃により、バスタードソードは折れてしまった。

あっ、後で弁償しないとな……

さらに、上段に構えたバットで追撃する。しかし今度は動きを予測されていて、腕を掴まれてしまった。引きはがそうとしたが、全く逃げられる気がしない。再び振り上げた刀で攻撃しようとするが、折れたバスタードソードの柄《え》で手を殴られて刀を落としてしまった。

一応、確認のために言っておくが、アルさんは腰まで地面に埋まった状態である。強すぎでしょ、アルさん……

ここで突然、体が軽くなった。驚いてアルさんを見ると、彼は俺の体を腕一本で持ち上げていた。そのまま剣の柄を握っている手で腹を殴打される。

「ぐっ……！」

息が詰まるほど痛い。やり過ぎじゃないのか。最初に戦った時はここまで過激ではなかったんだが。

さらにアルさんは柄を捨てて、両手で俺を持ち上げた。ちょうどバーベルを上げるかのように。俺が次の攻撃を予想できたときには、目の前に地面が迫っていた。

地面に叩きつけられ、体中の骨が折れる感触が伝わる。この世界に来て一番ひどいくらいの重傷を負ったと思う。もう半分体の感覚がない。

〈再生〉の存在には何度感謝しても足りないな。これだけの傷を負っても俺の体は三十秒もあれば全快する。

俺が立ち上がったとき、アルさんはちょうど地面から抜け出したところだった。その手には俺が落とした刀が握られている。そして、まだまだ余裕そうな顔で――

「本当に丈夫なんだな。今ので倒して、回復薬で治療するつもりだったのに」

と言ってきた。

間違いない、俺が戦闘不能になるまで痛めつけようとしている。なんだこのスパルタ教官は。

ここまでされると、さすがにイラッとくるな。

模擬戦でどの程度の力を出していいのか分からなくて、ずっと抑え気味だったが、どうやらそんな気遣いは不要だったようだ。

【称号〈一騎当千〉〈武器いらず《ノーウエポンズ》〉を発動しました】
【スキル〈我流格闘術〉〈大力無双〉を発動しました】

次々と攻撃特化の能力を発動させていく。

アルさんは俺の引用していた超振動の刀で斬りつけてきた。その速さは、今の状態でも脅威となり得るほどのものだが、十分に想定の範囲である。

【スキル〈魔力壁展開〉を発動しました】

俺の周りを魔力の壁が覆う。アルさんの斬撃はバリアーにヒビを入れるが、中にいる俺にダメージを与えられない。アルさんは驚いた表情を浮かべているが当然だろう。ダンジョンのボスが使っていた技だもんな。

【スキル〈刺突《しとつ》〉〈一点集中〉を発動しました】

無防備なアルさん目掛けて突きを放つ。

しかし、ギリギリ避けられた。今のも避けるんですか、マジですか。アルさんは本当に人間なんだろうか。つい本気で疑ってしまった。

俺の突きを避けたアルさんは、崩れた体勢から無理やり斬撃を放ってきた。俺もこの時はよろけていたので斬撃を避けられなかった。負傷覚悟で腕で受け止める。腕から全身にかけて鋭い衝撃が走る。腕と刃が接触した瞬間、刀のほうが砕け散ってしまった。どうやら〈神製の体〉による武器破壊の効果が発動したらしい。一定確率のためスルーしていたが、〈強運〉の効果で発動したのかもしれない。さっそく指輪が役に立ったな。

アルさんは少し驚いた顔をしたが、それも一瞬。今度は素手で攻めてきた。

【スキル〈不意打ち〉を発動しました】

すかさず俺は腰に提げたチート本から、拳ほどの大きさの石を発射する。アルさんは首を傾けてそれを避けた。しかし視線を戻した彼の目には、俺は映っていない。

【称号〈翻弄者〉を発動しました】

アルさんの視界をごまかしながら何度も攻撃する。強化された打撃はアルさんにダメージを与えた。しかしクリーンヒットは一度もなかった。急所を狙った攻撃はすべて防がれたからだ。〈直感〉とかを持っているのだろうか。

称号〈翻弄者〉による幻覚効果が薄れてきたようなので一旦距離を取った。もしかしたら今の攻撃の中で耐性のあるスキルを獲得されたのかもしれない。だが、十分攻撃できたと思う。アルさんの体は傷だらけで、口からも血が流れている。

「さすがだな、今の打撃はかなり効いた。手を抜かれるのは嫌だから、不本意ながらも挑発させてもらったよ。おかげでお前の本気も見られたし良かった」

そんな状態で爽やかに言われても……。しかしながら、見た目よりも実際のダメージはかなり小さいようだ。アルさんはこちらに笑顔を向けている。

いや、笑っ――ていなかった。

気が付けば俺のすぐ前にいた。瞬間移動にしか見えないんだけど。

すぐに攻撃が来ると思い、咄嗟にガードしたが何も起こらなかった。

不思議に思って見てみると、アルさんは俺の腰のベルトからチート本を外し、投げ捨てたところだった。え、それズルくない？

今度こそ蹴りが襲ってきた。〈疑似浮遊〉で回避し、お返しに肘打ちを顔面にぶつけてやった。鼻が折れることはなかったが、アルさんの鼻は真っ赤に染まっている。

チート本が手元にない今、引用やアイテムボックスが使えない。武器も持っていない。となると、称号とスキル頼りか。どうやって戦いにケリをつけようかと考えていたとき、一つの案を思いついた。これは試したことがないので成功するか分からないが、試す価値はある。問題はタイミングなんだが……


【称号〈破壊者〉を発動しました】

【スキル〈疾風〉〈連打〉を発動しました】


準備はできたし、あとはどれだけ戦えるかだな。俺とアルさんが同時に走り出し、お互いの拳がぶつかる。そして次の瞬間には蹴りが交差する。

そんな戦いが数分間続く。

絶え間ない攻防の中でほんの僅かな間、アルさんに隙ができた。俺はそれを逃さずに距離を詰め、アルさんに向かって手をかざす。そして念じた。出てこい、と。

俺の手には一冊の本があり、アルさんの顔に向かってページが開かれていた。そこには「短剣」と記載されている。アルさんは一歩も動かずにこちらを見ていた。俺も苦笑いしながら見返す。

俺のチート本は念じるだけで出現させたり消したりできる。これは少しくらいなら距離があっても可能らしく、離れたところにあるチート本を消し、手元に出せるのだ。もし、これが失敗していたら俺の負けだっただろう。アルさんの手はすでに俺の首に接していたのだから。

こうして俺たちの戦いは「引き分け」となった。

13　魔剣と魔兵器

アルさんとの戦いの後、しばらくその場から動けなかった。

もう疲れた。この人強すぎないか？　この世界に来た当初は、俺最強的な感じかと思っていたが、だんだんそれが間違いなのが分かってきた。相変わらず防御面は不安だし、純粋な攻撃力はアルさんに大きく水をあけられている。

「なかなかいい戦いだった。今回は遠距離攻撃は控えたが、使っても良かったのかもしれないな」

……もう嫌だな。あの戦いでさらに遠距離攻撃なんてされたらどうしようもない。全く、この人の実力の底が見えない。もしかして、ダンジョンでも手加減していたんじゃないのか？

この後、三人でゲーナの冒険者ギルドへ向かった。三人ともすっかり忘れていたが、護衛のクエストの報酬をまだもらっていなかったのだ。

ギルドでアンデッドの討伐数が見られてしまうのは分かっていたので、念のため対策を考えておいた。


【称号〈翻弄者〉を発動しました】

【スキル〈視覚誤認〉を発動しました】


念のため二つの幻覚系能力を発動させる。ギルドの受付の人には、俺の討伐数が一桁に見えていただろう。こうして不審がられることなくクエストの報告が終了した。

しかし、ここで一つ問題が浮上する。俺のクエスト報酬がとても少なかったのである。トエルとアルさんは大量の銀貨を受け取っていたのに、俺だけ銅貨二十枚だった。

すごく不満があるが、仕方がない。本当の実力は知られたくないし、それに、ダンジョン攻略で騎士団からも報酬をもらったので、今回はそれで満足しておこう。
ちなみに俺たち三人のステータスはギルドでこのように表示された。

//////////////////////////

【名前】ミササギ
【性別】男
【種族】人族
【職業】狩人《レンジャー》Lv10
【年齢】17
【称号】〈冒険者〉〈迷宮攻略者〉

//////////////////////////

【名前】トエル・ルディソーナ
【性別】女
【種族】エルフ　狐天族

【職業】戦士《ウォーリア》Lv20　剣士《フェンサー》Lv15　魔法戦士《ミスティックウォーリア》Lv12
【年齢】18
【称号】〈混血種〉〈冒険者〉〈風の指揮者〉〈迷宮攻略者〉

【名前】アルバート・ラウーヤ
【性別】男
【種族】人族
【職業】戦士《ウォーリア》Lv40　騎士《ナイト》Lv22　重戦士《ヘビーウォーリア》Lv29　武闘家《ファイター》Lv26　.etc
【年齢】28
【称号】〈冒険者〉〈集団の守り手〉〈単独殺戮《さつりく》者〉〈歴戦の戦士〉.etc

俺のステータスはもちろん嘘だ。旅人だと受けられないクエストもあるそうなので、職業は狩人に変更しておくことにした。村人や旅人などの補正がない職業は、ほかの職業を得ると消えるそう

なので、旅人の表示は消しておいた。

それにしても、トエルの成長がとても早い。特に彼女には魔法戦士の適性があるようで、その成長の早さに驚いた。アルさんに尋ねると、手に入れたばかりの職業がここまで早くレベルアップすることはないらしい。彼女にとって、ハンターや迷宮のボスから得られた経験値がそれだけ多かったということだろう。

アルさんのレベルも上がっていた。ていうか、職業の項目に.etcの表示が増えてるんですけど……。聞いてみると「拳闘士《グラップラー》」という新しい職業を得たという。しかも、さっきの俺との戦いで獲得したとか。職業五つ持ちなんてめったにいないので、ギルドの受付さんも驚いていた。

やはり、あの迷宮での獲得経験値は常識外の数値だったそうだ。ハンターなどは、本来であれば複数のパーティが協力して倒す魔物らしい。それをたった三人で倒してしまったんだから、レベルが上がるのも当然か。

ギルドでの用事を済ませ、三人でどこに行こうかと話しているとき、俺はアルさんに申し込んでみた。

「アルさん。できたらなんですけど、俺たちと一緒に……」

「あぁ、もちろんだ。そっちが良ければ喜んで入らせてもらうよ」

なんか随分あっさりと決まってしまった。まあ、いまさら感はあるよな、ここまで一緒に行動してたら。ギルドでも三人で組んでいるのかと誤解されたくらいだし。

アルさんは俺よりもはるかに強く、戦闘の経験も豊富なので、様々なことを教えてほしいと思っている。いや本音を言ってしまえば、ゲーナでの戦闘を見たときから仲間に引き込めないかと考えていた。ソロの冒険者でアルさんほどの人材はそういないだろうからね。

「これで三人パーティかぁ」

「そうですね」

「とにかく、二人ともこれからよろしくー」

改めて俺は二人に声を掛ける。

「こちらこそよろしく」

「よろしくお願いします」

こうして正式にアルさんが仲間になった。

午後は、三人で約束していたゲーナの観光をすることにした。午前はアクセサリーショップしか行けなかったから、たくさんの店に行きたいな。

「アルさん、模擬戦の時に壊しちゃったバスタードソードなんですけど……」

「あぁ、あれか。気にしなくていい。武器にはこだわらない主義なんだ。それに俺のメインの武器は他にあるからな」

「そうなんですか。じゃあ、できたらあのバスタードソードを貸してもらえますか？」

「別にかまわないが……いったい何に使うんだ？」

「今は秘密ということで」

「気になりますね。後で教えてくださいよ？」

「んー、成功したら見せてあげるよ。それまでトエルにも内緒かな」

それを聞いてトエルはシュンとしてしまった。尻尾も垂れ下がっている。そんな姿もかわいい。

なんとなく頭を撫でてあげたら、元気が出たみたいだ。俺もスゴく癒された。

まずは俺の希望で、本屋に向かうことになった。ゲーナにはいくつもの本屋があるが、俺たちが訪れたのは歴史書を専門に扱う店だ。

前世では歴史の勉強に興味が湧かず成績は絶望的だったが、ファンタジーの歴史ならぜひ知りたい。それに、チート本で吸収すれば、長い歴史の中に登場する強力な武器も引用できるだろう。ちなみに伝説級の武器は悪目立ちしそうなので、極力使用を控えると決めている。

ということで、さっそく俺は店内の本棚を物色していく。二人も本棚を見て回っている。

「この本なんてどうでしょうか」

トエルがそう言って俺に一冊の本を見せてくれた。「三人の英雄達」か。これも買っておこうかな。

「おっ、いいね。ありがとうね、トエル」

トエルに礼を言って、再び本探しを開始する。買うか迷ったものはどんどん買っていく。金なら十分にある。使い切るつもりはないが、それでも二十冊くらいなら余裕で買えるだろう。トエルに時々本を勧められながら選んでいく。歴史書の中には、魔界について詳しく記述されている本もあった。魔界がどんなところか分からないが、いつか行ってみたいと思う。

結局、二十三冊の本を購入し、店を出た俺たちは次は道具屋に向かった。

俺はまだ薬品の本は手に入れていなかったので、ここで買いためておこうと思ったのだ。いくつもの種類があるポーションを大人買いして店を出た。

この後もそれぞれが行きたい店をリクエストしながら三人で観光を楽しんだ。いやー、異世界でも買い物っていいものだ。俺は死ぬ直前まで本を買ってたからな。まあ、そのおかげで引用がやたら強いのだが。

その後、宿屋で部屋を借りて三人で泊まった。

翌朝、アルさんは早くから自主訓練に出かけた。トエルには一人で買い物をしてきていいよと伝える。一人になった俺は近くの森に向かった。森には人の気配はなく、静寂が広がっている。今から行うことを考えると都合がいいな。

俺がこの森に来たのはいくつかの実験をするためだ。まず、アルさんから借りたバスタードソードの修理。それとあるものを製作しようと思っていた。必要なものは昨日の買い物で購入したり、ダンジョンで手に入れたりしてある。

とりあえず、バスタードソードの柄と刃をチート本から取り出す。他にもいくつかのアイテムを取り出していく。

【〈鍛冶師《かじし》のハンマー〉〈鍛冶作業台〉を引用しました】

耐火性に優れた作業台を引用し、この上でバスタードソードを直す。ただ修理するのもつまらないので、所々に改造を施すつもりだ。ちなみに鍛冶については本を購入して、すでに予習済みである。

【スキル〈錬鉄《れんてつ》作成〉〈魔剣作成〉を獲得しました】

二時間ほどかかってバスタードソードの修理が完了した。〈発火〉のおかげで火に困ることはなかった。刀身には引用した特殊な金属を使用したので、以前の数倍の耐久度になっているだろう。さらにゴーレムの魔石も使い、使用者の魔力で剣が強化されるように細工しておいた。その結果、予想とは違うスキルが手に入ってしまった。なんだ、〈魔剣作成〉って。〈武器修理〉とかが入手できると思ってたのに。

バスタードソードをチート本に回収して、ある物の製造に取り掛かった。最初に暴走ゴーレムの魔石を取り出し、さらにある死体を取り出した。

死体はとても大きく、強靭《きょうじん》な筋肉を持っている。しかし背中には穴が空いていて……。そう、これはハンターの死体だ。ダンジョンの最深部で倒したあいつである。

ゴーレムは魔石によって動く魔物だ。その体は元々はただの岩なので、魔石で強化されてもたいした強度ではなかった。しかし、魔法の耐性が非常に高い。

それとは対照的にハンターは物理攻撃にはとても強いが、魔法耐性はあまり高くない。これで、俺のしようとしていることが分かっただろうか。

俺はハンターの肉体を持つゴーレムを造ろうとしているのだ。

ゴーレムの製造方法についてはすでに本で予習済みだ。おおまかにいえば、核となる魔石に魔力を送り込み、肉体とする素材にそれを埋め込む。その後、特殊な羊皮紙を貼り付けることで完成する。しかし問題なのが必要な魔力量で、強固な素材を使うほど大量に必要だ。岩のゴーレムでさえ、高レベルの魔術師数人分の魔力が必要なのだそうだ。

ちなみに俺はそこまでの魔力を持っていない。せいぜい普通の魔術師くらいだ。なのでハンターの死体どころか、岩のゴーレムでさえ一人では作れない。しかし、俺には便利な能力がある。

【〈聖者のブレスレット：魔力潤沢《じゅんたく》〉を引用しました】

これは体内魔力が湧水のようにあふれ出てくるブレスレットである。とても強力な装備なのだが、常に魔力を放出していて抑えきれないという不便なところもある。また、使用者の許容魔力量を超えてしまうと死ぬ可能性があるので、滅多なことでは使わないほうが良いかもしれない。

慎重な手つきでブレスレットをはめた。


【スキル〈魔石利用〉を発動しました】


大量の魔力を魔石に送り込み、魔力で満たされた魔石をハンターの背中から押し入れる。そして、あらかじめ引用していた羊皮紙をハンターに貼り付けた。そして秘薬を塗り込んで背中の穴を塞いでおく。

数秒後、羊皮紙が燃え、ハンターの体が発光し始めた。そして、ゆっくりと立ち上がり、こちらを見下ろしてくる。ゴーレム製造は失敗すれば暴走するそうなので、万が一のために武器を構えた。

警戒すること十秒、立ち上がったままハンターは動かない。じっとこちらを見ている。試しに命令してみようか。

「右手を上げろ」

その瞬間、ハンターは勢いよく右腕を振り上げた。なんとか成功したようだ。


【称号〈禁術師〉を獲得しました】

【スキル〈魔兵器作成〉を獲得しました】

なんか、ヤバそうな称号を獲得した。これは人には見せられないな。

空が暗くなってきたので、ここで作業を中断して帰ることにした。こういう実験は定期的にしていこうと思う。

ゲーナへの帰り道、俺の横にはハンターがいる。いや、正確にはゴーレムというべきなのだろうか。気になってステータスを確認してみる。


＝＝＝＝＝＝＝＝＝＝＝＝＝＝＝＝＝＝＝＝＝＝

【名前】――――
【種族】ゴーレムLv1
【主人】ミササギ

＝＝＝＝＝＝＝＝＝＝＝＝＝＝＝＝＝＝＝＝＝＝

やはりゴーレムだったようだ。また、こいつはまだ名前がついていないみたいだ。レベルも1からスタートらしい。なんか、かなりシンプルなステータスになっている。まあ、名前はそのうち考えよう。急ぐことでもないしな。

横を歩くコイツは、俺の命令に絶対服従する。ちなみに、こいつは生き物とは判断されないらしく、生き物が収容できないチート本に収めることができた。いろいろと便利なものが造れたな。

俺は、満足な気分で帰路に就いた。

◇◆◇◆◇

ゲーナに帰った後、俺は改造したバスタードソードをアルさんに渡した。

「ミササギ、これ本当にあのバスタードソードか？」

アルさんは剣の変化に驚いているようだ。

「そうですよ、ちょっといじったら、こうなっちゃいました」

「どういじったらこうなるんだ。俺が使っていいのか？」

「もちろんですよ。元々アルさんから借りた物だし」

「そうか。なら、ありがたく使わせてもらうよ」

その様子をトエルが羨ましそうに見てくる。君にはそのレイピアをあげたじゃないか。あ、そんな目をするのは反則だと思うよ。

「ト、トエルにも今度なにか作ってあげるからね。それまで楽しみに待っててよ」

そう言った途端、トエルの目の色が変わった。

「えっ、本当ですか⁉　約束ですよ‼」

なんてことを、詰め寄りながら聞いてくる。

しかし、すぐにハッと我に返り、顔を真っ赤にして謝ってきた。そんな様子を楽しそうに見ているアルさん。少しは助けてほしいな。

その日はそのまま寝て、翌日になった。

今日一日何をするか話し合った結果、三人とも別行動ということに決定する。明日、レーノに戻る予定になっていたので、各々が好きなことをするためだ。俺はもちろん図書館に行った。

ゲーナの中心部にあるこの図書館は、前世のものと比べても大きいくらいだ。トエルに聞いてみると、これだけ大規模なものはこちらの世界でも珍しいらしい。入場料は必要ないそうだが、建物の外に本を持ち出すことは禁止されている。

ワクワクしながら中に入ると、図書館の中は涼しかった。外は割と温暖な感じだったのだが、もしかして冷房とかあったりするのか。館内には、予想以上にたくさんの本棚が並んでいたが、さすがにこれらを吸収するわけにはいかない。ここは素直に読書を楽しませてもらおうか。

本棚のほかには馬鹿でかい長机がいくつも置いてあって、そこでは学者や魔法使いらしき人々が熱心に本を読んでいた。遠くで本を選んでいる俺にまで熱気が伝わってくる。ああいう風に本を読むのは好きではないな。読書というのはのんびりと楽しむのが一番だと思う。

面白そうな本を数冊とって机に座り、夢中になって読んだ。異世界に来てからはゆっくりと落ち着ける時間がなかったので、とても幸せだった。それからノンストップで四時間ほど読み耽ってから、俺は図書館を後にした。

【スキル〈速読〉〈熟読〉を獲得しました】

スキルも手に入ったし、一石二鳥だったな、また今度来よう。そう思いながら俺が向かった先は、昨日も訪れた森である。今日も、昨日造ったアイツの実験をする。

周りに誰もいないのを確認して、チート本からそいつを取り出す。ズシンと地響きを立てて出てきたゴーレムは、直立したまま動かない。

まず名前だ。昨日は面倒なので放置していたが、呼ぶときに困るので決めておこうと思う。

「んー、じゃあ、お前の名前はチェイルだ。分かったか？」

チェイルというのは、「追跡する人形《チェイス・ドール》」の略だ。ハンターは〈迷宮の追跡者〉という称号を持ち、ゴーレムは言ってしまえば人形のようなもの。この両方を組み合わせたのだ。我ながら安易なネーミングだと思うが、まあいいだろう。

チェイルは黙ってコクコクと頷いている。顔は魔物の骨を被っているので見えないが、意思疎通は可能なようだ。昨日の時点で簡単な戦闘能力の確認はしていたが、今日は細かい調整をしようと思う。
まずはチェイルが生前装備していたウォーハンマーをチート本から取り出す。これで何度も殺されかけたなぁ。しみじみと思い出しながらハンマーを見つめる。

【スキル〈怪力〉〈大力無双〉を発動しました】

巨大なハンマーを持ち上げ、チェイルに渡す。チェイルは軽々とハンマーを構えた。ふむ、やっぱり似合うな。
鍛冶台を取り出し、チェイルにハンマーを置いてもらう。

【スキル〈魔石利用〉〈錬鉄作成〉を発動しました】

昨日のバスタードソードと同じ要領でハンマーを改造していく。これは別に壊れていたわけではないので、作業はスムーズに進んだ。鍛冶の途中で、あらかじめ購入していた数種類の金属を使う。

【スキル〈武具改造〉を獲得しました】

なんとかウォーハンマーを強化できた。内部に魔石を埋め込んだのでチェイルの体内の魔石と共鳴し、魔力を流せば性能が大幅に強化される。もちろん、通常の状態でも十分強いが。ただでさえ頑丈だったウォーハンマーはさらに硬くなり、破壊力は大変危険なことになっている。

さて、武器の次は防具だ。ハンターという魔物は防具をつけないのが一般的らしく、革のズボンだけ穿いていて上半身はなにも着ていない。まあ、彼らの筋肉自体が防具みたいなものだが。現にこいつよりレベルの低いハンターにも短機関銃《サブマシンガン》と散弾銃《ショットガン》は一切効かなかった。

俺はそんなやつに防具を装備させようと思う。

【〈深淵に沈殿する黒鎧《アビスダークアーマー》〉を引用しました】

チート本から真っ黒な鎧を取り出す。この鎧はある程度大きさを変えられるようなので、チェイルの身長でも装備することができた。

二メートル五十センチを超える巨躯にウォーハンマーを構えた漆黒の戦士……。敵として戦いたくない魔物になってしまったな。とにかく、これで強力な手下の完成だ。

満足したところで、チート本でチェイルを回収し、ゲーナに戻った。

宿屋に戻ると、二人ともすでに用事を済ませて帰ってきていた。ここにいても特にやることもないので、もう夕方だが予定を早めてレーノへ向かうことにする。三人で手早く出発の準備をし、すぐに町を出ることになった。

それから雑談をしながら道を進み、夜になったので街道近くで野営を行う。ここでテントを引用した。この世界にもテントはあるが、性能は言うまでもなく前世のもののほうが上だ。

「これは組み立てがかなり楽だな」

「いつでもアウトド……野営することを想定してるんですよ」

「これは便利ですね。中も寝心地がとてもいいですっ」

そう言って、トエルはテントの中で寝転がっている。気に入ってもらえてよかったな。アルさんはテントの仕組みがどうなっているか観察している。そんなに気になるものなのかな。

「ところで、今夜の夜番《よばん》はどうする？　別に俺がずっと担当してもいいが……」

「あぁ、それは心配しなくても大丈夫ですよ」

こういう役目にピッタリな手下がいる。出てこい、我が優秀なる手下よ‼

そうして現れたのは、見るからに禍々《まがまが》しい魔物である。

二人は驚きながらも、すぐに臨戦態勢に入った。

「あ、こいつは俺の手下なんで大丈夫ですよ。名前はチェイルっていいます」

俺がそう言うと、チェイルは軽く頭を下げた。なかなか礼儀ができているな。二人も初めは半信半疑という感じだったが、一応信じてくれたようだ。

「私はトエルって言います。あ、あのよろしくお願いします」

「俺はアルだ。なかなか強そうじゃないか。期待してるぞ」

二人の自己紹介が終わると、チェイルは得意そうに胸を張った。その姿に思わず苦笑してしまう。こいつにも感情があるのかもしれないな。そこのところも今度調べておこうか。

「しかし、よくこんな強そうなやつをスカウトできたな」

「いや、こいつは俺が造ったんですよ」

事情が呑み込めずぽかんとしている二人に、チェイルが生まれた経緯について詳しく話した。

「こいつの素材はあのハンターなのか。しかもこんな高位の鎧まで」

「とても頼りになりそうですね」

「チェイルは不眠不休で大丈夫だから、夜番はこいつに任せて大丈夫だよ」

ということで、チェイルに任せて俺たち三人はゆっくりと寝ることにした。こいつなら仮に何かが襲ってきても一人で撃退できるだろう。撃退どころか、ここら一帯が血に染まってしまうだろうな。……朝一番に見る光景が血まみれじゃないことを祈っておこう。

鍛冶で集中したためか疲れていたので、横になるとすぐに睡魔が襲ってきた。

翌朝、警戒しながらテントの外に出る。幸い、周囲は寝る前と変わっていなかった。

「あ、チェイルおはよう。特に異常はなかった？」

テントの近くに立っていたチェイルに話しかけてみる。チェイルは黙って首を縦に振った。どうやら何もなかったようだ。

そのうち、アルさんとトエルも起きてきた。俺が引用したカレーを朝ごはんとして出すと、とても好評だった。チェイルは食べられないので俺の魔力を流してあげたら、とても喜んでいるように見えた。

準備を整え、再び出発する。今はチェイルは回収してある。あの見た目だと、とにかく目立ってしょうがないからな。必要な時だけ出てきてもらうことにする。

「トエル、レーノまでどれくらいかかるかな？」

「このペースなら、明日の昼ごろには到着できると思います」

トエルは手元の地図を確認しながら答えた。

「このまま何もないのも退屈だな」

アルさんが本当につまらなそうに言うので、ちょっと茶化してみる。

「そうですねー、どっか寄ってきます？」

「この近くには盗賊団の本拠地があります。なので、なるべく早く去るべきかと……」

トエルは心配そうにしているが、盗賊団と聞いて俺は少し興味が湧く。

「あ、そこ行く？　なんか面白そうだし」

少なくとも刺激はありそうだ。

「俺もミササギに賛成だな。そこに寄ったら、レーノまでどれくらいかかるんだ？」

アルさんも乗り気らしい。

「えっと、そこを通ると近道になりますので明日の朝には到着できますね」

「なら、ちょうどいいね。よし、行きますか」

「え、本当に行くんですか!? 敵がどれだけいるか分からないんですよ！」

本当に行くことになるとは思わなかったのか、慌てた様子でトエルが声を上げる。

「それじゃ、トエルは俺たちが盗賊に負けると思うか？」

「ですが、わざわざ危険な道を進むことはないと」

「おもしろいじゃないか。これも修業の一環だ」

そう言って、アルさんは不敵な笑みを浮かべる。

「そうそう、楽し……強くなれるからいいじゃん！」

「……そうですね。私は二人について行きますよ」

トエルは半ば呆れている様子だが、そりゃ、寄り道して盗賊団を壊滅しに行こうなんて言ってるほうが異常だ。アルさんも乗り気のようだが、この人は俺と似たところがあると思う。

でも、以前レーノで戦ったビルとかいう盗賊がリーダーになっていたくらいだから、盗賊団は大して強くないんじゃないかと思う。それに俺にはいくつか切り札があるし。

こうして意見が一致した俺たちは街道を外れ、盗賊団の本拠地があるという場所へ意気揚々と進んでいった。

14　焼きついた風景

盗賊団の本拠地を目指して数時間は経っただろうか。ようやくそれらしきものが見えてきた。

この近辺は見通しが良いので、見つかるのを避けるため俺たちは近くにあった瓦礫《がれき》の山に隠れている。

本拠地は昔からある古い城のようだ。きっと、放置されていたところに盗賊が住み着いたのだろう。あちこちがボロボロになっているが、その荒廃した感じが盗賊らしさを出している気もする。

古城を遠くに望みながら、俺は二人に尋ねる。

「どうやって攻める？」

「きっと古城から監視している者がいる。まずはそいつらを倒すべきだな」

そう答えたのはアルさんである。今はちょうど昼ごろで、太陽も真上に存在する。夜なら闇にまぎれて動くことができるんだけどなぁ。

【〈狙撃銃《スナイパーライフル》：無音弾〉を引用しました】
【スキル〈狙撃《スナイプ》〉〈一撃必殺《ワンショットキル》〉〈精神集中〉を発動しました】

とりあえず、狙撃銃《スナイパーライフル》で本拠地を観察する。んー、ここから見える限りでは四人の見張りがいるな。どいつも周囲を警戒している。何も考えずに突っ込んだらすぐに見つかるな。

ということで、入口の見張りに照準を合わせた。こいつは見張りの中で一番強そうだし、他のやつと距離が離れているので殺しても見つかりにくいと思ったからだ。ターゲットが動きを止め、照準と頭部が重なったとき、俺は静かに引き金を引いた。

狙撃銃《スナイパーライフル》から放たれた弾丸は狙い通りに見張りの頭を破壊した。きっとあいつは自分の身に何が起こったか理解できなかっただろう。

スコープの先に見える光景に、喉を鳴らして小さく笑う。

【スキル〈無音殺害《サイレントキリング》〉を獲得しました】

同じ調子でさらに二人を殺したが、最後の一人に気付かれてしまった。俺たちの存在にはまだ気付いていないようだが、本拠地のほうが騒がしくなる。

最後の一人も殺害してから、俺は瓦礫の陰から飛び出した。

【称号〈翻弄者〉を発動しました】

【スキル〈隠密行動〉〈疾風〉〈視覚誤認〉を発動しました】

素早く移動して本拠地まで走っていく。〈隠密行動〉を発動させながら幻覚も使用しているので、盗賊からは俺が見えないと思う。古城の門の前まで来たとき、俺はチート本を手に取った。

【スキル〈罠作成〉を獲得しました】


俺特製のプレゼントを置いて、アルさんたちのもとへ帰る。

俺が二人と合流したとき、本拠地のほうから悲鳴が聞こえた。

きっと指向性対人地雷にはまったのだろう。俺が〈加筆訂正〉で透明にしたから見えなかったのかもしれない。あ、でもまだ死んでいないやつもいるな、かわいそうに。

そう思って、残りは狙撃で止《とど》めを刺してあげた。

古城の門から出てきたのは先発の偵察部隊だったようで、まだ本拠地にはたくさんの盗賊がいる。

「じゃあ、そろそろ行く？」

「そうだな、まずは俺が斬りこんでいくよ」

「私は二人の援護をします」

アルさんが古城に向かって駆けていき、その後に二人は追った。

【〈グレネードランチャー：無限弾〉を引用しました】

古城に向かって手榴弾を撃ち込みまくる。大した被害にはならなかったようだが、敵の恐怖心を煽ることには成功したようだ。古城から弓矢が飛んできたが、トエルの風魔法によって弓矢は横に逸れていく。これは盗賊からしたら気の毒だな。妙な爆発物が飛んでくるのに、自分たちの攻撃が効かないんだもんな。

やがて本拠地の前にたどり着いたとき、上から熱湯を落とされた。こんなのを食らったらかなり危険だ。

【スキル〈万有引力〉を発動しました】

もらったものを、そのままお返しする。俺たちにかかる予定だった熱湯は、巻き戻し再生のように頭上へ飛んでいき、やがて生々しい悲鳴が聞こえた。卑怯な真似をした罰だ。

門の前まで来たのはいいが、扉は硬く閉じられていた。開けようとしてもビクともしない。後ろから閉めやがったな。ここにいると、また上から攻撃を食らいそうなので、とっとと門を破壊しよう。

「いでよ、我が優秀なる右腕よ!!」

「そのセリフは必要なのか？」

ここでアルさんの冷静なツッコミ。

「いや、別にいりませんね。あえて言うなら雰囲気です」

なんとも緊張感のない会話をアルさんとしながら、チェイルを取り出す。手にはあのウォーハンマーを持っている。

「じゃあ、この門を壊しちゃってよ」

チェイルは黙って頷き、ハンマーを高く掲げた。そして勢いよくそれを振り下ろす。

結果、門は全壊してしまった。何人かの不運な盗賊が巻き添えを食らって死んでいる。念のためにと門の後ろで待機していたようだ。

「じゃあ、アルさんたちはこっちから攻めてよ。俺は別ルートで行くんで」

なにも、正直に門からスタートする必要はない。簡単に行ける方法を使うに決まっている。


【スキル〈疑似浮遊〉〈魔力壁展開〉を発動しました】

ふわふわ浮きながら古城を見下ろす位置まで上がっていく。途中、凄まじい数の矢が飛来したが、全てバリアーによって防ぐことができた。ダンジョンのボスが使っていたモノよりも強度は劣るようだが、弓矢が相手なら十分だ。

先ほど引用したグレネードランチャーを上から撃ち込み続ける。今度はちゃんと命中している。一発でも当てればＯＫだ。だって爆発するし。


【スキル〈爆撃〉を獲得しました】


目に見える敵を全滅させたところで、屋上に着地する。下からは怒号と悲鳴の入り乱れた声が聞こえる。下はかなり悲惨なことになっているな。バラバラに吹き飛んだ死体から必要なモノだけを奪って階段を下りていく。

アルさんたちのほうへ敵が殺到しているのか、俺の近くには敵がいない。唯一、俺の右側にある大扉から数人の敵意が確認できる。

扉の前まで歩いていくと、〈罠探知《トラップサーチ》〉が反応した。よく見ると、扉の取っ手部分に何かが塗ってある。毒的なものだと思うので、〈地盤沈下〉で門そのものを下の階へ落下させた。

玉座の間らしき部屋に入ると、そこには数人の盗賊がいた。中央で女に囲まれているのが盗賊団の頭《かしら》なのだろう。ステータスを確認すると、周りにいる盗賊はだいたいレベル15前後。頭《かしら》はアンガスという名前で三つの職業持ち。一番レベルの高い職業である盗賊はレベル30だった。盗賊で30とか、どれだけ悪行を重ねればたどり着くんだよ。称号も.etcが表示されるほどたくさん持ってるみたいだし。

「お前か、俺の城で暴れ回っているのは」

そんなの聞かなくても分かっているクセに。

「ふん、無視か。まあいい、ビルの野郎とも連絡が取れなくなったし、ちょうど暇だったんだ。俺が遊んでやるよ」

そういって、アンガスはゆっくりと近付いてくる。


【スキル〈万有引力〉を発動しました】


一切、空気は読みません。数人の敵と一人で戦うとか、そんな面倒なことはしたくない。〈万有引力〉でまず手下の盗賊を圧殺し、アンガスにも上方向へ重力操作を行う。アンガスは天井に向かって飛び上がっていく。そして頭から天井に激突して、落下してきた。

まだギリギリ生きているようだが、ほとんど動かない。なんかあっさりとした幕切れだな。そう思いながら、捕らえられていた女たちを解放して、部屋の外に出ようとしたとき……


【スキル〈緊急回避〉を発動しました】

背後からアンガスが飛びかかってきた。でも、なんとか転がって避けることができた。床が割れ、あたりに埃が舞っている。

アンガスの職業は三つある。一つはレベル30の盗賊で、二つ目がレベル27の重戦士、そして三つ目がレベル24の「狂戦士《バーサーカー》」である。称号〈破壊者〉も持っているこいつは予想以上に危険だ。勝てないと分かって能力を解放したな。試しにアンガスに向かって銃を発砲してみる。

あ、避けられた。とんでもないスピードだな。しかし、その目からは感情が読み取れない。狂戦士の能力の特徴なのか、理性がないように見える。

「キヒヒッ、ハァハァ……」

うわっ、気持ち悪い。早く殺してしまおう。


【称号〈朱雷の魔人〉を発動しました】


「朱雷モード」に入り、赤い電流を発射する。しかし、アンガスは俺の攻撃を避けずに突っ込んできた。赤い電流が命中し、燃えながら感電しても気にしていない。慌てて横に回避する俺。そのままアンガスは突然、女たちを襲い始めた。燃え盛るアンガスの手にかかり、女たちが次々と殺されていく。とばっちりを受けるとはかわいそうに。

尊い犠牲によって生まれた瞬間を使ってチート本を開く。

【〈散弾銃《ショットガン》：帯電式〉を引用しました】
【スキル〈放電〉を発動しました】

一旦、「朱雷モード」を解き散弾銃《ショットガン》を構える。そして体中から放出される電気を銃に送り込む。まだ試したことはないが、こいつならいい的になりそうだな。

アンガスが俺のほうを向いた瞬間、引き金を引いた。発射された弾丸は銃口付近に蓄積されていた電気を帯びてさらに加速していく。こうして俺でも視認できないほどの速度で散弾は銃口から飛び出し、アンガスの腹に風穴を空けた。

【スキル〈電磁加速〉を獲得しました】

しかし、これだけの傷を負わせてもアンガスはまだ止まらない。しつこいやつは嫌いだな。もう、こんな状態になってしまえばこいつは人間ではなく、ただの獣だ。

突っ込んできたアンガスにカウンターで蹴りを浴びせ、壁に吹き飛ばす。アルさんのおかげか、近接戦闘にも慣れてきたな。さらに、グリップをスライドさせ、新たな散弾を装填する。壁にもたれかかるアンガスの姿はどこか情けなかった。こんなやつが頭《かしら》を張れるような盗賊団なら壊滅させて正解だ。アンガスの頭部に向けて引き金を引いた。

事切れたのを確認すると、この部屋からも必要なものだけ拝して退出した。あれ、やけに静かになったな。さっきまであんなに騒がしかったのに……

階段を下りたところで、ちょうどアルさんたちと会った。

「上の階はどうなっている？」

「あぁ、俺がボスも含めて全員殺しました。このフロアは？」

「まだ、見ていない。ここの階が最後だな」

みんなでフロアを探索していく。戦闘はチェイルに任せている。こいつのステータスを確認したら、レベルが3になっていた。きっとかなり強くなったと思う。結局、最後のフロアには十人ほど生き残りが隠れていたが、全員見つけ次第殺した。

こうして攻撃開始から一時間ほどで、ひとつの盗賊団を壊滅させてしまった。


【称号〈皆殺し〉を獲得しました】


全員でのんびりと外に出る。

「それにしてもちょっと張り合いがなかったなぁ」

「仕方がないです。ここの近辺は冒険者や魔物、盗賊も含め全体的にレベルが低い地域なので」

「一応、あれでも盗賊団の規模としては相当なものなんだがな」

俺の呟いた不満に、トエルとアルさんがそれぞれフォローを入れてくれた。そういう二人もどこか拍子抜けしているように見えるのは気のせいだろうか。

「もっと強いやつを期待してたんだよ」

「また今度、他の迷宮でも探しに行くか」

アルさんの提案にすぐさま賛成する。

「あっ、それいいですね！　ぜひ、やりましょうよ」

手軽に日帰りできるダンジョンならベストだ。

「私も強くなりたいです！」

これにはトエルも同意らしい。

そんな風に会話をしながら、俺たちはあるところへ向かっていた。

「うわ、キレイ……」

そしてあまりの光景に思わず言葉を漏らす。

「そうですね。ここは滅多に人が来るところではないので、荒らされた形跡もありませんし、落ち着きますすね」

「こんな木は見たことがないな」

トエルとアルさんも似た心境のようだ。

満点の星空の下、俺たちは一本の巨木の前に佇んでいた。

桃麗樹《とうれいじゅ》と呼ばれるらしいその木の前まで来たときは、あまりの美しさにしばらく言葉が出なかった。

木は幻想的な雰囲気を放ち、盗賊の本拠地の近くにあるなんて似合わないと思った。盗賊団を壊滅させて本当に良かったね。

引用した料理を食べながら、俺たちは静かにこの眺めを堪能した。

満月を背に佇む巨木は、仄《ほの》かな桃色に染まり、いつまでも俺たちを見下ろしていた。ある意味、この光景こそが盗賊団の討伐による一番の報酬かもしれない。

ファンタジー世界で花見もどきができたことに苦笑しつつ、俺は濃厚な果実水を呷《あお》った。

15　帰還、そして出発

「では、見た目が怪物をかたどった彫刻で、物理攻撃に対して非常に高い耐性を持つ粘土でできた魔物は？」

「んー、あれだよ、あれ。もう……」

腕組みしながら唸る。答えが喉元まで出て来ているんだよ。

「……はいっ、ハンデの時間が経ちました。アルさんも答えていいですよ」

「クレイガーゴイル」

「え、何それ」

「正解です、これでアルさんは十連勝ですね」

今は、レーノまでの帰り道をひたすら歩いている。しかし、途中あまりにも退屈だということでクイズを始めたわけだ。今はトエルが出題者になって、俺とアルさんに問題を出していた。彼女が問題作成に使っているのは、俺のチート本だ。

それにしても、さっきから問題がマニアックな気がする。俺も前世でファンタジー小説を読むことがあったが、そこまで詳しいわけではない。「クレイガーゴイル」とか言われても分からない。

「あっ、そうだ！　今度はトエルが答えてみてよ」

ここで気分を変えようと提案する。

「私がやるんですか？」

「うん、これがどれだけ難しいか知ってほしくてね」

「はい、大丈夫です。やりますよ」

「よし、じゃあ俺が問題を出しますよー。では第一問。デデンッ！」

「……その効果音は必要なのか？」

どうやらアルさんはお約束というやつが分からないようだ。

「まあ、雰囲気って大切なんですよ」

「そういうものなのか……」

「えっと、……これがいいな。ユニコーンの亜種といわれ、二つの角を」

「「バイコーン」」

「!?」

いや、早いよ。しかも同時。問題を読ませる気ないよね。

「ミササギ、どうかしたか?」

「いえ、なにも……」

二人同時に答えられてしまった。俺的にだいぶ難しい問題にしたつもりなんだが。トエルに聞いたら、魔物の名前を覚えることは冒険者の常識と返された。つまり俺は非常識な人間ということか……

「今は出現頻度の高い魔物から覚えていくといい。アンデッドやハンターはもう覚えただろ?」

「あと、オークや亡霊騎士とも戦いましたもんね」

「そこらへんは全部覚えたよ」

しかし、チート本はすごいな。これが一冊あるだけで様々な情報が確認できる。今までなんとなく使っていたが、これだけでも驚異的な能力だ。正直この本がなかったら、俺はとっくに死んでいたと思う。

その後も魔物についての知識を覚えながら街道を進んでいく。しかし、トエルとアルさんにクイズで一度も勝つことはなかった。あまりに情けないので対策を考えることにした。


【スキル〈速読〉〈熟読〉を発動しました】


どれくらいの効果か分からないが、書物を読む速度が速くなる〈速読〉と読書時に理解力が上昇する〈熟読〉の同時使用ならば、一気に覚えることも可能ではないだろうか。この状態でチート本に吸収されている魔物図鑑に目を通す。

……できた。さっきよりも明らかに効率よく覚えることができている。この能力が試験前にあればよかったな。しかし、同時にこの能力の弱点も発見した。これはすごく疲れる。

盗賊団の本拠地を突っ切ったこともあり、レーノには予定よりもかなり早く到着できた。三人でさっそくギルドへ向かったが、建物に入ってすぐに違和感を覚えた。ここには何度か入ったことがあるが、何かが違う。なんだろう……

「なにか騒がしいな」

「人も多いですね」

俺が思っていたことを、二人が言ってくれた。そうなのだ、ギルドの中は何故かとても盛り上がっている。とりあえず受付にいる犬耳さんにこの状態の原因について聞いてみる。ていうか、この人いつも働いてるな。ギルドの仕事というのは、案外忙しいものなのかもしれない。

「あの、なんでこんなに騒々しいんですか？」

「十日後に帝都で大会があるんですよ。その大会についての情報が先ほど届いたばかりで、それで皆様盛り上がっているんです」

聞いてみれば、かなりの人数が参加するそうで、参加資格は特になし。これまでにも大会はあったそうだが、毎回死者が出ているらしい。なんとも危険な行事だな。

そんな危険な大会に何故これだけ多くの参加者がいるのか。それは、賞品の豪華さだ。それなりの順位に入賞すれば、大金が手に入るそうだ。さらに上位に入ることができれば、強力なアイテムが進呈されるらしい。参加者が絶えないのも頷ける。

大会のルールについても聞いてみた。次のようなものらしい。

・武器の使用は自由
・称号、スキル、その他能力の使用は自由
・相手を殺害するか気絶させるかで勝利
・尚、あくまで観客の安全を優先すること

うん、すごい野蛮だな。ていうか、ほとんど殺し合いじゃね？　危ないよね。ここまで危険なのに観客の安全は最優先なようだ。要するに、戦う時は周りに迷惑をかけるなということだな。

「どうする？」

「決まってるだろ」

「そうですね」

なんて感じで俺たちの参加はすぐに決まった。犬耳さんも俺たちの答えを予測していたようで、話しかけようとしたのを先回りして参加の用紙を渡された。用意周到だな。

「なあ、チェイルはどうする？」

「さすがに無理だろ」

「危険すぎます……対戦相手の方が」

残念ながらチェイルの参加はやめておいた。まあ、アレを参加させたらほとんど無敵だろうな。

「今回の大会も非常に参加人数が多いので、この付近の方には予選会場のフーニンの丘に行っていただきます」

なんだ、フーニンの丘って。なんかかわいいな。

どうやら各地で予選をして人数を減らすらしい。だいたい一つの予選会場からは百人ほどが本選に参加できるそうだ。予選が開催されるのは三日後。三日後に予選で、その一週間後に本選とは……。なかなかハードなスケジュールだな。

参加申し込みを済ませ、ギルドから出た俺たちは今後の方針について話し合った。

「このまま三日待つのはもったいないないな」

「私はもっと強くなりたいです」

「その通りだ。三日あれば十分に強くなれる」

フーニンの丘まではここから一日かかるそうなので、道中で寄り道しながら修業することにした。

寄り道で盗賊団を壊滅させた俺たちは、もう寄り道のプロだな。到着したばかりのレーノを出発し、フーニンの丘を目指して歩いていく。

しばらく歩いてから、俺はふと考える。……我ながら馬鹿だな。もっと早くに気付けばよかった。


【〈装甲車〉を引用しました】


歩き始めて三時間ほど経過した頃であった。徒歩より装甲車に乗って移動したほうが断然速いに決まっている。俺しか運転することができないが、歩き続けるよりはずっとマシだ。

こうして当初よりかなりハイペースで進んでいく。いつもクールなアルさんも装甲車という乗り物には驚いているようだ。リアクションをよく見たいが、運転中なので我慢する。

「ミササギ、砂漠に生息する石化の魔眼を持つ魔物は？」

おっ、抜き打ちテストか。アルさんも粋《いき》な真似をしてくれる。

「んーと、たしかバジリスク？　だっけ……」

「おっ、正解だ。なかなかやるな」

「まあ、さっき本を読み込みましたからねー」

前を見つつニヤリと笑う。

「じゃあ、冥界の番犬と呼ばれる三つの頭を持つ魔物は？」

今度はトエルからの出題か。だが甘い。

「それはケルベロスだったねー」

「正解ですっ。すごいですね、本当に覚えるのが早いですね！」

「まぁねー」

二人にはスキルの使用については伝えていない。教えたらなんか、かっこ悪いよね。

一人優越感に浸っていたのだが、その後、前方に何かがあるのに気が付いた。百メートルほど先に行列ができている。どいつも無駄に豪華な鎧を着ており、そして、その集団の進行方向は俺たちのほうだった。

……嫌な予感しかしないな。

16　貴族との遭遇

「あの集団って何か分かる？」

「どこかの貴族の私兵集団だな」

「まっすぐこちらに向かっていますね」

前方から豪華な鎧を着た集団が近付いてくる。アルさんによると貴族の私兵らしいが、高飛車な感じだったらどうしよう。思わず手が出てしまうかも。あっ、手というよりアクセルを踏み込むための足が出てしまうかもな。

「……ミササギ、貴族連中を殺すと後々厄介だぞ」

アルさん、あんたは読心術でも使えるのか？　え、持ってはいないけど〈読心術〉っていうスキルは本当にあるんだ。ふむ、世界は広いな。

このやり取りの間も装甲車と集団との距離は縮まっていき、今は七十メートルくらいまで近付いている。貴族団の人数は五十人くらいいるが、この距離だとまだステータス確認が行えない。

「あぁ、面倒事の匂いがするなー」

「どうしますか？　もう、引き返すには手遅れの気もしますが……」

心配そうな様子でトエルが呟く。

「そうだよなぁ。とりあえず、話してみるか」

「もし、危険な雰囲気になってきたら？」

「その時は、証拠隠滅タイムだねっ！」

ある意味、俺の最も得意とすることだ。

貴族団との距離が二十メートルほどまでになったとき、俺は装甲車を停車させた。俺だけが外に出ようとすると、アルさんが警告する。

「待て、ミササギ。なにか違和感がある。きっとあの中の誰かがスキルでこちらを監視している。たぶん気配くらいしか把握していないと思うが、注意しておけよ」

そんな能力もあるのか。周囲の音に耳を澄まし、そっと目を閉じて集中してみる。


【スキル〈精神集中〉を発動しました】

【スキル〈聞き耳〉を獲得しました】


思考が研ぎ澄まされていく。意識の暗闇の中になにか手のようなものが見えた。その手は俺たちを探るようにこちらを撫でてくる。俺の意識は手の出ている箇所を突きとめた。こいつが監視しているというやつか。

【スキル〈逆探知〉を獲得しました】

まさかこんな方法でスキルを獲得できるとは。俺が思っていたより、〈精神集中〉の効果は高いのかもしれない。さっそく〈逆探知〉を発動させる。

〈敵意感知〉のように、対象の気配を掴むことができた。でも、まだ攻撃する気はないのでひとまず放置しておく。ここで装甲車から出ようとしたら、今度はトエルが声を掛けてきた。

「ミサザギさんはステータスを偽装できるんですよね。なら、使っておくべきかと思います」

トエルは俺よりもずっと俺の能力に精通しているな。さっそくステータスを偽装する。

//////////////////////////

【名前】デリック・ベルート
【性別】男
【種族】人族
【職業】戦士《ウォーリア》Lv30　暗殺者《アサシン》Lv28
【年齢】25
【称号】〈冒険者〉

／／／／／／／／／／／／／／／／／／／／

テキトーに偽装しておいた。仮に何かをやらかしても俺だとバレないだろう。いつかのガスマスクを装備して装甲車から出る。

前方にはきれいに整列した軍団がいる。直接見ると、なかなかの迫力だな。先頭には豪華な馬車が停まっている。あの中に貴族がいるのかな。

ここで、馬車を守る護衛の一人が叫んできた。

「おい、そこの冒険者。ここまで来い！」

あぁ、うるさいな。お前だけ先に射殺してやろうか。近衛兵レベル11か。他に騎士を獲得しているようだが、ハッキリ言って弱いな。しかし、ここは黙って装甲車から降りた。

「おい、お前の名を申せ」

「デリック・ベルートです」

男は後ろを振り返り、護衛の女に話しかける。この女はスキルを使って俺たちを監視していたやつだ。名前はシャマールというらしい。彼女はきっとステータスの確認もできるのだろう。俺が嘘を言っていないことが分かったようだ。

「では、デリック。単刀直入に命令する。お前らの乗る不思議な馬車をこの方に渡すのだ」

そう言って、男はその場に跪《ひざまず》く。馬車の中から出てきたのは、キレイな服を着た男である。明らかに貴族的な雰囲気を漂わせている。

護衛の男の失礼な物言いに、思わず腰の武器に手を伸ばしそうになったが、ここは我慢だ。アルさんの忠告にはなるべく従ったほうがいい。あくまで冷静に対応しよう。

「まことに申し訳ありませんが、あの乗り物は、私にとって大切なものなのです。それでもお譲りしなければならないのなら、対価をいただかなければお渡しすることはできません」

「ほう、随分強気だな。……まあ、いい。望みの物を言ってみよ」


【スキル〈交渉〉を獲得しました】


おっ、いいものを獲得した。それにしてもなかなか気前のいい貴族だな。それとも、ただのコレクターとかなのか。なにか波乱があるんじゃないかと思っていたが杞憂だったようだ。でも、特に欲しいものがあったわけではないので、お金でも要求しておこう。〈交渉〉の効果もあったのか、装甲車を金貨百枚で売却することになった。我ながらこの結果には驚いた。

「ほ、本当によろしいのですか」

俺と同じように戸惑っている護衛の男に、貴族らしき男が不機嫌そうに怒鳴る。

「よいと言っておるのだ。シャマールから同乗者がいることは聞いている。早くそいつらを降ろしてこい」

「はい、分かりました」

【称号〈平和主義者〉を獲得しました】

俺はめでたく〈平和主義者〉になったようだ。平和って素晴らしい。貴族の男の命令を受け、俺は早足で装甲車へ駆けていく。

「どうなりましたか」

「交渉成立だ。この装甲車をアイツらに渡すことになった」

「えっ、いいんですか!?」

「いいよいいよ。だって金貨百枚だって！」

「金に目が眩《くら》みすぎじゃないのか？」

「お金は大切ですよ。いやぁ、めでたしめでたし」

三人で装甲車から出る。あれ、こちらを見る貴族団の様子が少しおかしい。再び〈精神集中〉を発動し、さらに〈逆探知〉も併用する。すると、貴族団がどこを見ているのか理解できた。

【スキル〈視線把握〉を獲得しました】

ほとんど全員がトエルを見ていた。〈混血種〉というのは珍しいものなのか。しかし、その中にはトエルが不快になる類の目線もある。そんな目線を送ってくる男はキツく睨んでおく。

【スキル〈殺意の眼差し〉を獲得しました】

スキル込みの睨みは、相手の私兵を怯えさせてしまったようだ。俺と目が合ったやつは、顔を青くしながら急いでそっぽを向く。貴族の男はこちらを見ているが、特に何も言ってこない。しかしこの男もトエルに興味があるようだ。

「その亜人の女はお前の仲間か？」

「はい、そうですが何かご用でしょうか」

「その女はいくらで私に譲ってくれる？」

はぁ？　こいつは何を言っているんだ。さっきは多少話が通じるやつかと思ったが、どうやら俺の勘違いだったようだ。

「彼女を譲るわけにはいきません。この子は私の大切な仲間なんです」

隣でトエルが下を向いているが、今は気にしないでおく。

「そうか。ならば仕方がない。すまないな、こんなことを聞いて」

貴族は、感情のこもらない口調で言い、もう一度だけトエルを見た後、部下に指示を出した。

意外とあっさり引き下がったな。そのほうがこちらにとっても都合がいいのだが。

この後、近衛の一人に装甲車の運転方法を簡単に教えておいた。

それからすぐに、貴族団は来た道を引き返していった。もしかして、俺たちの装甲車だけが目当てでわざわざ来たのか？

……あの貴族からは、なんだか危険な雰囲気を感じ取ったのに。

「行っちゃいましたね」

「なんか、あっという間だったな」

「でも、こんなに金貨がたくさん……」

この出会いが俺たちの旅に影響しないことを祈っておく。良いことでも悪いことでも貴族とつながりができるのはあまり好まない。シンプルに面倒だからな。

「でも、乗り物がなくなってしまいましたね」

「ここからは歩くしかないか……」

確かにここから歩くのは大変だよなー。この近辺は村もなさそうだし。今の貴族に会うまではしばらく人に会っていなかったもんな。じゃあ、どうしよっかなー。


【〈装甲車〉を引用しました】

まあ、出しますよ。すぐに引用しますよ。別に減るもんじゃないし。俺が貴族に渡した装甲車は、移動専用にと考えていたので付属武器の類は外してある。それに、使い続ければいつかガソリンも切れるだろう。いやぁ、俺にとっていい交渉だった。

【スキル〈詐欺〉を獲得しました】


失礼な。詐欺じゃないし。ちゃんとした物を渡したよ。俺があっさりと新品の装甲車を出したのを見て、二人は呆れているようだ。

「もうひとつ持っているのか」

「もうひとつっていうか、基本無制限ですね」

「なんか、さっきの貴族に申し訳ないですね」

「そんなこと思わなくていいよ。だってあいつらトエルを買おうとしたんだよ？」

「たぶん私を奴隷と勘違いしたのでしょう」

この世界には奴隷制度があり、冒険者パーティの中に奴隷がいるのも普通なんだそうだ。そして俺の予想通り、〈混血種〉というのは珍しいそうだ。だから人身売買の市場では〈混血種〉は格段に値段が高いらしい。

この後、再び装甲車で移動を再開し、暗くなったところで野営を行った。夜番は今回もチェイルに任せておく。長時間の運転で多少疲れたのでゆっくり眠れそうだ……

その日の深夜、突然聞こえた物音で俺は目を覚ました。横を見ると、チェイルが二人の人間を拘束していた。一応、誰かが来ても殺すなと言っておいてよかった。暗闇の中で必死に暴れる二人に対して〈万有引力〉と〈地盤沈下〉のコンボを行使する。こうして二人の襲撃者は首だけ地面から生えたようになった。

「なあ、なんで俺たちを襲ったんだ？」

「「…………」」

「黙ってたら分からないよね」

【称号〈慈悲なき処刑人〉を発動しました】
【スキル〈殺意の眼差し〉を発動しました】

〈慈悲なき処刑人〉には良心の抑圧という効果があるらしく、俺と二人の襲撃者のお話は良心を差し挟むことなくスムーズに進んだ。二時間かかって、欲しい情報はほとんど手に入ったよ。

【称号〈拷問官〉を獲得しました】

襲撃者の二人はすっかり虫の息となってしまった。まあ、自業自得ですね。ここで、この二時間で入手した情報をまとめようと思う。

まず、この襲撃者を雇ったのは、なんと昼間に会った貴族の男だった。彼はやはりコレクターというやつで、珍しくも美しいトエルがどうしても欲しかったんだそうだ。しかし、俺が断ったので無理やり奪いに来たと。

襲撃者の二人は暗殺者《アサシン》レベル30超えだったが、俺的には強く感じなかった。まあ、俺が普段訓練してる相手がアルさんだもんなぁ。

「よし、殺《や》りますか」

「今回は俺も賛成だ」

「待ってください！　貴族に立ち向かうことは、この世界では許されないんですよ」

「俺としてはトエルがいなくなるほうが問題だよ。それに正面から敵対するつもりはない。そんなことをしたら重罪人になるだろうからね」

「もちろん大会にも、出るつもりなんだろう？」

「当たり前ですよ。だから、今夜であの貴族を仕留めます」

なんだか楽しくなってきた。俺の旅はやはりこうでなくては。

17 館での惨劇

「あの館か……」

「どうやらそうみたいですね」

「こんなところに私有地を持つなんて贅沢だな」

貴族の邸宅は町から少し離れたところにあった。貴族の居場所が確認できると、三人で館から離れたところに一旦戻って話し合う。

「夜が明けるまでに終わらせたいね」

「そうですね、朝になると行動しづらくなります」

「ここは潜入して、徐々に敵を減らしていくのが妥当だな」

アルさんの意見を参考にしながら計画を練る。それにしても、町から離れているというのは好都合だな。街道からも大きく外れたこの場所なら、目撃者の心配もしなくていいだろう。今回の計画をチート本に書いてまとめてみる。

・制限時間は、夜明けまで
・目的は、貴族への復讐
・基本は、潜入で行動
・可能な限り戦闘、殺害は回避する
・俺だけが館に潜入し、トエルとアルさんは周囲の警戒

これを基本方針として行動する。いつもと違い、コソコソと行動します。たまにはド派手な感じも抑えないとね。二人には館の周囲で待機してもらい、逃亡者の捕獲を頼んでおく。俺の引用があれば、単独で潜入できるだろうしな。

【〈赤外線ゴーグル〉を引用しました】

変わった形のゴーグルを装着すると、一瞬視界が薄暗くなる。そのままトエルのほうを見ると、トエルの体全体が真っ赤になっていた。おぉ、すごいな。要するにサーモグラフィ的なやつか。

【スキル〈熱感知《サーモビジョン》〉を獲得しました】

さっそくゴーグルが必要なくなった。装着したばかりだがすぐ外し、アルさんに渡しておく。これで準備が完了した。では、行きましょうか。

【称号〈断罪者〉を発動しました】

久しぶりに使ったな。今回はあの貴族が敵だし、対象が犯罪者である場合に攻撃力が上がるというこの称号の効果が適用されるだろう。俺が館に向かって走ろうとした時、背後からがっしりと肩を掴まれる。

「あの館には探知系の能力を持つ人間がいるぞ」

何事かと振り返ると、アルさんに警告された。確かにそうだ。ちゃんと対策は打っておかないとな。

【スキル〈狙撃《スナイプ》〉を発動しました】

【〈狙撃銃《スナイパーライフル》：幻覚弾〉を引用しました】

迂《う》闊《かつ》に近づくのは危険だ。いつも通り遠くから見張りを狙撃しよう。

〈熱感知《サーモビジョン》〉を発動した状態で狙撃銃《スナイパーライフル》のスコープを覗いてみる。暗闇の中で赤く光る人影が六つ確認できた。ここから館までは約三百メートル。かなりの距離だが、異世界に来てから何度も行った狙撃の精度はどんどん上がっている。それに敵の姿もはっきりと見えているので楽勝だ。
こうしてなんの苦労もなく誰にも気付かれずに六人の狙撃に成功した。といっても幻覚弾を撃ち込んだだけで殺したわけではない。きっと彼らの目にはこれから何が起きても、平和な夜にしか映らないだろう。

【スキル〈逆探知〉を発動しました】

さらに館内で探知系スキルを使っている者を探し出す。その結果、一人しかいないことが分かった。たぶん、昼間に会ったシャマールとかいう女だろう。貴族の側近のようなので、接近するのは困難かと思われる。

【称号〈翻弄者〉を発動しました】
【スキル〈隠密行動〉を発動しました】

それならこちらも存在を隠しながら行こうか。
騙す行為に対して補正が発生する〈翻弄者〉と〈隠密行動〉の二つがあるので、見つからずに潜入することも可能なはずだ。

「じゃあ、行ってくるよ」

「気を付けてな」

「外は任せてください」

二人に見送られながら館に接近していく。館の周りを覆う鉄柵の近くまで来たが、建物の中は静かなままだ。どうやら気付かれていないらしい。しかし、問題はここからである。何処から館に侵入するかを考えなければならない。正門からなんて論外だし、裏口なども監視されているだろう。

その場で腕を組んで館を見上げる。


【スキル〈奇策発案〉を発動しました】

今ならこのスキルが活躍するかもしれないな。そのまま二、三分考え込む。そして、この状況で最善の策をひらめいた。さっそく考えを実行に移すことにする。


【スキル〈万有引力〉〈地盤沈下〉を発動しました】

【〈酸素ボンベ〉を引用しました】

酸素ボンベを装着し、自分にかかる重力を徐々に強める。さらに足元の地面を崩壊させると、俺の体はゆっくりと地面に消えていく。やがて頭までまるごと地面に潜り込んだ。さて、ここからが本番だ。

【スキル〈聞き耳〉を発動しました】

上から聞こえてくる僅かな音を頼りに、土の中を館に向かって掘り進んでいく。重力を操作して、俺の進行方向にかかるようにしているのでかなり楽に移動できた。しばらく進んでいくと、周囲から音がほとんど聞こえてこない場所を発見した。そこから地上へと静かに這い出る。

酸素ボンベをチート本で回収し、辺りを見回すと、俺の思惑通り人の気配はいっさい感じない。よし、誰もいないようだ。ガスマスクを装着して再び歩き出す。

【スキル〈疾風〉を発動しました】

敷地内を素早く動きながら観察していく。俺が地面から出てきた場所は中庭のようなところで、俺の装甲車もそこに置いてあった。後で回収しないとな。調べた結果、館の外には全部で十人の見張りがいた。そいつらに見つからないように動き回るのはなかなか大変だった。

背後から襲い掛かって、十人の見張りを麻酔薬をたっぷり浸み込ませたハンカチで眠らせる。もちろんこれは引用したものである。中庭周辺の警備を無力化し、安全を確保すると、ついでに装甲車も回収しておいた。

【スキル〈無力化〉を獲得しました】

次は館内だな。あぁ、面倒だ。このまま一気に攻め込みたい。そんな気持ちをこらえながら扉を開けた。

「!!」

「おっ」

館に入った途端、目の前に巡回兵がいた。〈強運〉よ、仕事をしてくれ。そいつが叫ぼうとしたので慌てて喉に手刀を繰り出す。

しかし、そいつは咳き込みながらも抜刀した。

【スキル〈発言遮断《シャットボイス》〉を獲得しました】

この巡回兵はたいして強くなさそうだな。一瞬で距離を詰めて首を掴み、腹を何度も殴る。苦しそうな顔をしているがお構いなしだ。

やがて、巡回兵が力尽きたかのように動かなくなった。死んでしまったかと思ったが、気絶しただけのようだ。

まあ、当たり前だ。首を掴んではいたが、気道は押さえていなかったし。

床に横たわる巡回兵を見下ろしつつ、コートの襟元を整える。ここまで良心的な俺はレアだぞ。

その後も数人の巡回兵を無力化したが、俺の存在はまだ知られていない。我ながらすごいと思う。

敷地は広く、隠れる場所は多いとはいえ、何十人もの兵士が警備している中を見つからずに移動し続けるのは至難の業だ。その後も着々と歩を進めて、フロア全域をひと通り探索し終え、一階の敵を全員無力化した。


【スキル〈潜入〉を獲得しました】


ふと立ち止まって耳を澄ます。〈聞き耳〉で聞こえてくる足音が騒がしくなった。上の階で兵士たちが慌ただしく動き回っているらしい。おそらく気絶させておいたやつが発見されたのだろう。足音が密集し始める。警備が厳重になったに違いない。本当はこうなる前に目的を達成するつもりだったのだが。ガスマスクの位置を手で直しながら、どうするべきか考える。

潜入というのは思っていたよりも難しいな。敵をただ倒しまくればいいだけの殲滅《せんめつ》戦とは大違いだ。とはいえ、侵入者がいるのはもうバレてしまったので、多少騒いでも大丈夫だろう。

短機関銃《サブマシンガン》を取り出し、目についた調度品を撃ちまくる。


【スキル〈威嚇《いかく》射撃〉を獲得しました】


空の弾倉を投げ捨てる。

この銃声で、上にいる気配が一層慌てふためき出した。近くの階段から数人が駆け下りてきているようだ。一気に来られるのは嫌なので、一階の階段の下を破壊して落とし穴を作っておく。さらに穴を隠すために周囲の明かりを射撃で破壊する。今のうちに他の階段を使って二階へ逃げてしまおう。

二階に着くと、下の階から悲鳴と一緒に大きな音が聞こえた。罠を作った側としては、きれいに引っかかってくれて気分がいい。

二階の廊下を堂々と捜索する。敵がいないようなのでどんどん部屋を探索していったが、三つ目の部屋を開けたとき、中にメイドさんがいて悲鳴を上げられてしまった。あぁ、ミスったな。メイドさんを素早く気絶させ、部屋から出ようとした。だが、ドアの向こうからひとつの敵意を感じる。敵意の強さから察するに、敵がいるのはおそらくこの部屋から一番近いところだろう。

俺が部屋から出てこないのが分かると、ドアを蹴破って侵入してきた。その男はすでに戦闘態勢になっている。そして俺の姿を確認した後、息を深く吸い込み……

【スキル〈投擲《とうてき》〉〈刺突《しとつ》〉〈発言遮断《シャットボイス》〉を発動しました】

男が叫ぶ前に、俺は隠し持っていたナイフを投げつける。ナイフは男の首に突き刺さり、彼が応援を呼ぶのを阻止した。まあ、殺してしまったのは仕方がない。あっちも殺意剥き出しだったもんな。

部屋の外を覗くと、ちょうど上の階から私兵たちが降りてくるところだった。完璧にタイミングを間違えた。私兵たちが俺のいる部屋へ殺到してくる。俺はこういうときの策もちゃんと考えてきている。チート本を開き、チェイルを喚び出した。

「よし、俺が目的を達成するまで囮《おとり》を頼めるか」

チェイルは黙って頷いた。うん、いい子だな。今回のチェイルには武器を持たせていない。だって、ウォーハンマーを振り回したら、館が潰れてしまいかねない。部屋を素早く出て三階への階段を目指す。後ろから私兵が追いかけてこようとしたみたいだが、チェイルが立ち塞がり守ってくれた。ここは任せたぞ。

階段を上って三階へ来た途端、何か違和感を覚える。下の階へ人が行ってしまったからか、巡回している人数が少ない。この様子だと、貴族と相対するのも時間の問題かな。口笛を吹きつつ、チート本を手に取った。

【〈散弾銃《ショットガン》：無限弾〉を引用しました】

【スキル〈一点集中〉〈二丁拳銃《ダブルトリガー》〉を発動しました】

ここからはもう遠慮せずにいこうか。

両手に散弾銃《ショットガン》を携え、三階の廊下を堂々と歩く。敵は発見次第こいつでぶち抜いてやる。室内での射撃ならば、まず外すことはあるまい。あとは相手との距離に注意さえしておけば一方的な蹂躙が可能だ。

不敵な笑みを湛《たた》えて引き金に指をかける。

「いやぁ、深夜にこんな殺人鬼がやってくるとか、悪徳貴族さんも不運だねぇ」

「あんたに付きまとわれる俺もかなり不運だと思うけどな？」

例によって唐突に登場した神様に冷静な返しをする俺。緊張感を持たなければならない場面で、本当にやめてほしい。

神様は、俺と同じ姿勢でピンク色の散弾銃《ショットガン》を構えている。俺の真似をしているのだろうか。軽く睨みつけてやったが、もちろん本人は俺の視線など気にしておらず、銃を撃つ仕草を繰り返して遊んでいる。

とりあえず無言で神様の後頭部を小突いておいた。

「いたっ！　ちょっと、暴力反対だよ！　……って、そろそろ敵さんがお出ましみたいだね。僕はゆっくりと観戦してるから、ミササギ君も頑張るんだよー」

「ったく、言われなくても殺し尽くしてやるさ」

幻のように消えてしまった神様に苦笑しつつ、散弾銃《ショットガン》を構え直す。諸々の苛立ちは次に遭遇するやつらにすべてぶつける所存である。

間もなく、前方の曲がり角から複数の私兵が飛び出してきた。

すぐさまこちらの姿に気が付き、雪崩《なだ》れ込むように向かってくる。剣の間合いに入られる前に散弾銃《ショットガン》の引き金を引く。

〈一点集中〉により、破壊力が上がっている散弾を食らった私兵は、体をくの字に曲げて吹き飛んだ。しかし、その隙に別の男が斬りかかってくる。続けてもう一発放ち、同じように吹き飛ばす。

このようなことを繰り返すうちに、いつの間にか廊下には俺しかいなくなっていた。

あまりのあっけなさに肩を竦めて苦笑する。

外から見た限り、この館は四階までだった。三階の部屋をすべて探索し、四階への階段を探す。

ちなみに、三階には何人かメイドさんや部屋で待ち伏せする私兵がいたが、全く問題なかった。潜入のはずがいつも通りの殺戮《さつりく》になっているが、気にしないことにしておこう。

真っ赤に染まってしまった廊下を歩きながらそんなことを考える。そういえば、下の階も静かになったな。チェイルも後で追いつくだろう。散弾銃《ショットガン》を捨てて、目の前の階段を上がった。

18　五人の近衛兵

「四階建てとか豪邸だなー。俺もこんなとこに住んでみたいっ……!?」

そんなことをつぶやきながら階段を進んでいると、階段の上から私兵が飛び掛かってきた。〈直感〉のおかげでギリギリで回避する。なんて危ないやつだ。

奇襲に失敗した私兵は俺が避けたことに驚いているようだ。結構危なかったんですよ。あなたにはお仕置きが必要なようですね。そいつの持つ剣を蹴り飛ばして頭を掴む。階段の途中にちょうどいい窓があったので、その私兵の顔面を叩きつける。

派手な音を立てて窓ガラスが砕け散った。私兵から短い悲鳴が漏れ、ガクガクと震え始める。この程度で怯えるとは情けない。顔から血を流す私兵を外に投げ落とす。悲鳴が徐々に小さくなった後、ドサッという音が聞こえた。うむ、不意打ちはよくないと思うよ。

笑いながら窓の外を覗き込もうとしたところで、後ろに敵意を感じた。

振り向きざまに重力を加えてやる。表現しがたい音が鳴り響き、階段には無駄に豪華な装飾のついた鎧が滅茶苦茶に潰れて転がっていた。鎧からはみ出ている赤い何かについては言及しないほうがいいのだろう。

今のは完全に重力操作を間違えてしまった。このスキルって便利だけど調整が難しいんだよな。頻繁に使うようにして慣らそうとしても、このようにたまに力加減を誤ってしまう。自分に使う時に操作を間違えないことを祈っておこう。

再び階段を上り始める。そういえば、ここに来るまでに奪った装備品だけでかなりの量が手に入った。何かに使えるかもしれないし、もし使えなかったら町で売ってしまおう。〈交渉〉を持っているので、高く売れるはずだ。この襲撃も案外俺にとって有益な出来事だったのかもしれない。

気分よく笑いながら、突き当たりの壁を曲がる。

四階の廊下には二十人ほどの私兵がいた。正直、まだこんなに生き残っているとは思わなかった。昼間に会った時の私兵は全員ではなかったのか。しかも三階にいた私兵よりもレベルが高い。

【称号〈単独殺戮《さつりく》者〉を発動しました】

この称号を使うのは久しぶりな気がする。最近は仲間もできたし使う機会がなかったもんな。それにしても、いくら広いと言ってもここは館の廊下だ。つまり戦うには狭いよね。それなのに、大楯を持った私兵が前列に出て後列の者が槍でこちらをチクチク刺してきたらイラッとくる。無理やり大楯集団を蹴散らすこともできなくはないが、きっと槍を食らってしまうだろう。死ぬことはないと思うが、痛いのはなるべく避けたいな。

こちらを睨んで警戒する私兵たちに笑顔を向ける。

【スキル〈威嚇射撃〉を発動しました】

散弾銃《ショットガン》を取り出して、すぐさま引き金を引く。轟音と共に散弾が吐き出され、天井に穴が空く。銃声を聞いた私兵たちはスキルの効果によってビクッと体を震わせて動きが鈍くなった。このタイミングで〈万有引力〉で前列の大楯集団の重力を真横に変更する。当然、大楯集団は転がっていき、無様に壁へと激突する。よし、これで道ができた。

生み出した隙を利用してチート本を使う。

【〈銀の矢：分裂〉を引用しました】

一本の矢を引用し、後列の私兵たちに視線を向ける。俺は弓矢なんて扱ったことがない。では、これをどうやって使うか。その答えがこれだ。

【スキル〈電磁加速〉を発動しました】

手の中で雷光が迸《ほとばし》り、銀の矢が消失した……と思ったら、私兵たちが血を噴き出しながら崩れ落ちる。使用時に分裂する効果を持たせた銀の矢は、前方を隙間なく攻撃したようだ。実験感覚で使ってみたが、予想以上に効果があったな。二十人もいたのでさすがに全員を仕留めることはできなかったものの、それでも最前列の私兵はひとたまりもなかったようだ。

廊下の隅でうずくまっている大楯集団に向かって歩く。こいつらはその大楯のおかげでほとんど負傷していないらしい。

足元に転がる男と目が合った。

【スキル〈怪力〉を発動しました】

大きく足を上げて、大楯私兵の頭を踏みつぶす。頭蓋が砕け、脳漿《のうしょう》が床を汚した。それを何度か繰り返す。量産した頭部のない死体は見た目がグロいので、必要なものだけをもらって残りは窓から投げ落としておく。

生き残った私兵たちは俺を見て怯えていた。そう、怖がらないでほしい。俺は知っているんだよ、君らの称号の中に犯罪系のものがあることを。私兵だからって貴族の悪事の手伝いもしていたんだろうな。相応の罰があっても仕方ないね。不敵な笑みを浮かべて一歩踏み出す。

勇敢な一人の私兵が槍で突いてきたが、当たるわけがない。今の俺はいくつもの称号とスキルで強化されている。槍を掴んで奪い取り、そのまま穂先を相手に向けて返してあげる。もちろん〈電磁加速〉を使って。

高速で放たれた槍は私兵の体を貫き、後ろに立っていた者も仕留めた。白い壁に血飛沫のペイントが施される。二人の兵士が倒れ、静寂が訪れた。さて、全滅まであと何秒かかるかな。死体の服で手に付いた血を拭っていると、残る六人が一斉に襲いかかってきた。俺としても怯えて何もできない者を殺すよりは、攻撃してくる者を殺すほうが楽しい。

腰を落とし、拳を胸の前で構える。


【スキル〈洞察眼〉〈視線把握〉を発動しました】


次々と襲いかかってくる剣や槍を紙一重で避け続ける。こんな芸当ができるのも、相手がどこを見ているかが分かるからこそである。しかし、それも最初だけで、途中から何度か攻撃が体を掠り始めた。常に接近されているので何かを引用する暇もない。六人同時に相手取るというのはなかなか難しいな。

それに私兵の動きに違和感を覚える。普通の状態では比較的簡単に避けられるのに、時々妙に鋭い突きや斬撃を放ってくることがあるのだ。その状態での攻撃は攻撃力も高いようで、俺も少なからず血を流した。たぶん、何らかのスキルを使っているんだと思う。

予想以上の厄介さに舌打ちする。スキルを連発しながら俺を殺そうとしてくる私兵たちは、そこそこ強い。火事場の馬鹿力というやつか、とにかく平均的な強さは冒険者の中でもそこそこの部類に入れると思う。きっとこいつらなら大概の侵入者は始末できるのだろう。

【スキル〈大力無双〉を発動しました】

隙を見て近くにいた男に蹴りを入れる。男は向こうの壁際まで吹き飛び、体を強く打った後は動かなくなってしまった。〈聞き耳〉を発動させていたので、どこかの骨が折れる音がはっきりと聞こえた。仲間が無惨《むざん》に殺され、他の五人の動きが一瞬だけ止まる。そして、この一瞬こそ彼らにとって致命的だった。

【〈軽機関銃《ライトマシンガン》〉を引用しました】

バックステップで距離を取り、ドラムマガジンに装填された銃弾が尽きるまで撃ちまくった。至近距離で銃弾を浴びた私兵たちは物言わぬ死体となり果てた。いくら強くても、文明の利器には敵うまい。戦利品を収容した後、血に塗れた無人の廊下を抜ける。

しばらく進むと、後ろから近付いてくる足音がした。敵意が感じられず、〈直感〉も反応しない。誰だろうと思い後ろを振り返る。

そこには黒い鎧の大男が佇んでいた。

「おぉ、チェイル！　よく頑張ったね、助かったよ」

「……」

チェイルは何度も頷いてくる。どうやらうれしいようだ。チート本でチェイルを回収し、大きな扉の前に立つ。調べた結果、四階にはこの部屋しかなかった。つまり、貴族がいるとしたらここだ。まあ、地下室や隠し部屋でもあれば話は別だが。

片手に金属バットを持って大扉を押し開ける。部屋の中はとても広い。ひとつの階を占領しているだけはあるな。室内のあちこちに装飾の付いた高そうな家具が置いてある中、部屋の中心にはあの貴族がいた。

「やはりお前だったか。あいつらが暗殺に失敗するとは思わなかったな」

貴族が悠々と俺に話しかけてきた。彼の周りには五人の兵士がいる。

ステータスを確認しようと試みたが、文字化けして表示された。どうやら簡単には見せてくれないらしい。五人の兵士は油断なくこちらを窺《うかが》っている。なんだか強敵そうだな。よく見ればシャマールとかいう女もいる。お前のせいで潜入が難しかったんだよ。

なんとなく腹が立ったので、金属バットを〈電磁加速〉で発射する。しかし、大剣を持った兵士に受け流されてしまった。今の一撃を防がれるとは思わなかった。しかもお返しと言わんばかりに炎の塊が飛んできたので、〈緊急回避〉で回避する。〈発火〉で無効化することもできたが、なるべくあの姿は見られたくない。万が一、外部に能力のことが漏れると厄介そうだし。

大きく息を吐き、魔法で焦げ付いた床を一瞥する。

「ほう、私の〈火球《ファイアーボール》〉を避けますか……。なかなかの腕前のようですね」

「お前の魔法がヘボいだけじゃないのか？」

「リュイス、あなたの剣と一緒にしないでください」

「なんだと!?」

なんだかいきなり喧嘩が始まった。

緊張感がなくなるのでやめてほしい。

「二人とも落ち着け。目の前に敵がいるんだぞ。男爵様、お見苦しい姿を見せてしまい申し訳ありません」

「別に構わん。それよりも私の館に侵入したあの男を始末するのだ」

そう言って、貴族が偉そうに俺を指差す。

彼を守る五人の兵士は、次のような風貌である。

・クールな感じの女魔術師
・やたら偉そうなリュイスという名の男
・探索系の能力使いのシャマールという名の女
・俺の金属バットを防いだ大剣使いの男
・二人の口喧嘩を止めたリーダーらしき騎士

……なんだか俺よりも、ずっと正義の味方のようなパーティだな。

ステータスこそ確認できないが、今まで戦ってきた私兵の中で一番強いということははっきりと分かる。貴族も自信満々な顔をしているし。ってか、お前は何もしてないだろ。

かなり強そうなパーティなので、事前にチェイルを出しておくか。戦闘中に出すのは困難だからな。

突如として現れた黒鎧の大男を前に、貴族と敵パーティたちは驚いてるようだ。


【スキル〈共闘〉〈連携〉を発動しました】


さらに、仲間との連携を強固にするスキルを二つ発動させる。

二対五か……

負ける気はしないが、結構苦戦しそうな気がしないでもない。

ともかく、まあ、ボス戦スタートと行きますか。

19　近衛兵の忠誠心

「二人とも落ち着け。目の前に敵がいるんだぞ。男爵様、お見苦しい姿を見せてしまい申し訳ありません」

敵の目の前にもかかわらず、口喧嘩を始める二人の仲間を注意し、男爵様に謝罪した。全く、こいつらには緊張というものがないのか……

先ほど、侵入者がいるという連絡を受け、私たち五人は男爵様の部屋を警護していたが、まさか賊が本当にここまでたどり着くとは思わなかった。四階を担当する私兵たちは優秀な者ばかりだ。四階の廊下から喧噪が聞こえてからわずかな時間しか経っていないというのに。

そして、今私たちがいる部屋にやってきたのは一人の男だった。顔は仮面のようなもので隠している。

男が突然本を取り出すと、そこから黒い鎧を着た大男が現れた。な、なんとこの男は空間魔法を扱えるのか。それほどの実力者なのだとしたら、ここまで侵入できたのにも納得がいく。

戦闘の準備が整ったのか、二人がこちらに向かってくる。黒鎧が前衛で、後ろから仮面の男が援護する形のようだ。仲間であるエルサが氷の槍を放つ。先ほどの〈火球《ファイアーボール》〉は回避されたが、今回の〈氷結の槍《ブリザードランス》〉は前を走る黒鎧に直撃した。しかし、黒鎧の大男はまるで何事もなかったかのように速度を緩めずに突進してきた。

「馬鹿なっ⁉」

これには普段冷静なエルサも驚きを隠せない。危険を察知し、慌ててニルスが黒鎧を止めにいく。彼は愛用の大剣を迫る敵に振り下ろした。大剣は黒鎧の胴体に打ち付けられる。鈍い金属音が響いたものの、敵の勢いは止まらずにニルスが撥ね飛ばされた。彼の大剣の一撃は巨人族に匹敵するほどの威力なのにもかかわらずだ。ニルスは部屋の壁に叩きつけられてしまった。パーティの壁役がここまで簡単に倒されるなんて……

もう、黒鎧は目の前まで迫っている。今度は私とリュイスの二人で黒鎧を攻めに行く。ここでエルサまで攻撃されるわけにはいかない。黒鎧は特に武器を持っていない。二人で攻撃し続ければ必ず隙ができるはずだ。


【スキル〈閃光斬《せんこうざん》〉を発動しました】

私の持つ剣が輝き始め、黒鎧を斬りつける。このスキルは光属性を持つため、闇属性であろう相手の黒い鎧には効果があるはずだ。横から同時にリュイスも攻撃する。彼の二振りの剣は振動しながら黒鎧を捉えた。敵は一瞬よろめいたが、すぐに体勢を立て直して殴ってきた。私とリュイスは後ろに避ける。なんて防御力なんだ。これだけの攻撃を浴びながら傷が見当たらない。よほど高位の防具なんだろう。

「アラン、あのタフなやつは魔兵器らしい」

いつの間にか横にいたシャマールが教えてくれた。魔兵器といっても、その種類は多い。種類によって能力は全く違う。

「種類が何か分かるか？」

「たぶんゴーレム。種族は分からない」

「ゴーレムか……。だから魔法が効かなかったのか」

基本的に口数が少ないが、シャマールの言いたいことは理解できる。しかし、ゴーレムであの物理耐性を持っているのは謎だ。何を素体に使えば、あのようになるのだろう。

「エルサ、後ろに下がって男爵様の護衛を頼む。君とアイツの相性は悪いようだ」

「了解」

エルサは短く返答をし、男爵様の横で杖を構える。あの方の周りには私が施した守護魔法が働いているが、万が一の場合もある。そばで守っていてくれる者がいれば安心だ。ここで私は気付く。

あの仮面の男は何処に行った……？

「くっ……」

急に横でシャマールが呻《うめ》いた。驚いて見てみると、仮面の男が彼女を殴り倒していた。手には血のこびり付いた棍棒を持っている。倒れたシャマールの頭が血だまりに沈んでいた。

「貴様っ‼」

怒りのあまり、反射的に斬りかかる。しかし、仮面の男は信じられないような速さで私に接近し、棍棒の突きを繰り出してきた。腹にめり込んだ衝撃に息が止まる。鎧がへこむ感触が伝わってきた。私はニルスのように壁まで吹き飛ばされた。全身が痛い。まさかここまで強いとは思わなかった。

しかし、諦めるわけにはいかない。私には使命があるのだから。

激痛を無視して顔を上げる。


【称号〈挫《くじ》けぬ騎士精神〉を発動しました】

【スキル〈忠誠心〉〈光の衣〉を発動しました】


私の体を淡い光が包み込む。さっきまでの弱った気持ちは消えている。まだ戦える、私は男爵様を守るんだ！　自らに回復魔法を施し、ゆっくりと立ち上がった。

「ウオオオォォォ‼」

二人の侵入者に攻められている仲間を救出しに行く。

【スキル〈気合一閃〉〈光影連斬《こうえいれんざん》〉を発動しました】

リュイスに攻撃している黒鎧に向かって斬撃を放つ。私が剣を振るうたびに、光の斬撃が黒鎧へと飛来し、やがて拳を振り上げていた黒鎧の背中に直撃した。さすがにその衝撃には耐えられなかったようで、敵は膝をついて動きが止まった。これを好機と見たのか、リュイスが剣を構えて力を溜めている。彼が必殺の一撃を放つときの構えだ。複数の能力を重複発動したその一撃は、きっと黒鎧にも通用するはずだ。

リュイスの双剣が振られた。目で追えないほどの速度の攻撃は黒鎧の首を斬りつけて、仰向けに倒れさせた。そこに私が馬乗りになり、剣を胸に突き刺す。ゴーレムならこの箇所に魔石が埋め込まれている場合が多いことを知っていたからだ。剣は鎧を貫き、黒鎧の体に深く沈み込んだ。一瞬体をビクッと震わせた後、黒鎧は動かなくなった。後ろを振り向くと、リュイスが疲れた笑顔を浮かべている。

「これでやっと一体か……」

「油断するなよ。今、治療するから少し待って」

その時だった。

突然、破裂音が聞こえて、リュイスが突き飛ばされたかのように床を転がる。驚いて音の聞こえたほうを見ると、仮面の男がいた。手には棍棒ではなく、黒い何かを持っている。そこから煙が出ているが、あれがリュイスを攻撃したのか？　床で倒れているリュイスは肩を押さえているが、かろうじて生きているようだ。しかし、すぐに治療しなければ彼の命は時間の問題かもしれない。

「うわっ、うちのチェイルを随分派手に痛めつけたね」

仮面の男がおどけた調子でそんな言葉を口にした。

「黙れ。これからお前も同じ運命をたどるんだ」

声からするとかなり若い印象を受ける。まだ成人していないのかもしれない。男は余裕を見せながら手の武器を動かした。何かが床に落ちて転がった。

「あの、光の壁みたいなのってアンタが作ったやつだろ？」

仮面の男は男爵様のいる場所辺りを指差した。

「そうだが、それがどうした？」

「あれさ、むちゃくちゃ硬いんだけど。どうにかしてくんない？」

迷惑そうな言い方に苛立ちが募る。

「あの魔法は俺が解除するか、俺を殺さないと解くことはできない」

「そっか。じゃあ他のやつらと同じように始末しないとな」

男がそう言うと、彼の背後で乾いた破裂音が鳴った。そこにいたのはエルサである。彼女は薄い黄色だったローブが真っ赤に染めて、そのまま倒れた。男爵様を覆う守護魔法もかなり攻撃されたようだ。しかし、中にいる男爵様は無事だ。アレは私の扱える守護魔法の中でも一番強力なモノ。簡単に破壊されても困る。

「おい……。すまないが、治療を頼む」

背後から小さいがはっきりとした声が聞こえた。振り返るとそこにはニルスがいた。全身傷だらけで左腕も不自然な方向に曲がっているが、なんとか立てるようだ。私はすぐに治療を開始した。仮面の男は仰向けのままになっている黒鎧に近付いているので大丈夫だ。

可能な限りニルスの治療を行い、だいたいの傷は治すことができた。違和感はあるようだが、左腕のほうも問題なく動くみたいだ。

「助かった」

「いや、お互い様だ。ニルスが来てくれて助かったよ」

私も自らの剣を点検し盾を構える。仮面の男を見ると、いつの間にか黒鎧がいなくなっていた。たしかにアイツは死んだはず。もし運んだとしても、そんな短い時間でどこかに行けるはずがない。空間魔法で回収したのだろうか。

【スキル〈闘争心〉〈窮地の底力〉を発動しました】

切り札のスキルをさらに発動させる。体力の消耗が激しいので長時間使うことはできないが、能力上昇率はかなり高い。ニルスも同じように能力を解放しているようだ。

「ここにきて本気モードですか。まあ、そうなるよね」

男はそう言いながら手の武器をコチラに向けてきた。乾いた連続音が響き渡り、何かが飛来してくる。これがリュイスを吹き飛ばした攻撃か……

（あれは……鉛の塊か⁉）

数えきれないほどの鉛玉が迫ってくる。私はそれを盾で防ぎながら回避する。ニルスも大剣でなんとか防いでいる。私は男に向かって突進し、盾を振りかぶった。

【スキル〈盾殴打《シールドバッシュ》〉を発動しました】

私の持つ盾に魔力が集まり、それを男に突き出す。男は紙一重でそれを躱《かわ》した。そしてその隙を狙ってニルスが大剣を振り下ろす。男はどこから出したのか、先ほどの棍棒で防いだ。しかし、そんな細いもので大剣の一撃を受けられるはずがない。一瞬で棍棒は叩き折れ、衝撃で男の腕も砕けたようだ。私は止《とど》めを刺しにいったが、男は体勢を崩しながらもコチラに手をかざしてきた。

「うっ⁉」

体が重たくなった。体中の骨が軋んでいるのを感じる。男は信じられないほどの速度で走り出し、男爵様の横まで逃げ出した。すると体の負担は消え、なんとか顔を上げる。

同じように顔を上げたニルスが敵を見据えたまま呟く。

「あの男、かなり厄介だな」

「あぁ、そんなことは分かっている」

イラつきながら答えた私が前方に目をやると、ヒビの入った仮面をつけた男は、顔を真っ青にした男爵様の横で本を開いていた。仮面の奥から微かに見えた目は、まっすぐに私とニルスを見ている。ここまでに三人の仲間がやられてしまったものの、私たちも一人の敵を屠った。残ったのは、あと一人。

もうすぐ夜が明ける。その時に立っているのは私たちか、それとも……

20　本能による暴走

「ったく、なかなか手強いな……」

相手側の想定外のしぶとさに嫌気が差す。

やはりトエルとアルさんにも来てもらうべきだったか。我ながら迂闊だった。

正直に言って状況はかなり悪い。

油断せずに確実に仕留めなければ。

視線を一瞬だけ落とし、予め見当を付けていたページに触れた。

【〈グングニル：制限解除〉を引用しました】
【スキル〈投擲《とうてき》〉を発動しました】

芸術性と実用性の双方を極限まで追求した槍が出現した。

用無しとなった金属バットを捨て、引用したそれを掴み取る。

これはかつて勇者が使っていたという伝説の武器である。今回は所有能力《ユニークスキル》の力で強引に制限を解除し、資格のない俺でも扱える仕様となっている。

前方でこちらを警戒している敵対者たちを見据えながら、試しにグングニルを振ってみた。長さの割に扱いやすく、適度な重さもある。これなら多少乱暴に使っても壊れることはなさそうだ。石突きで床を打ち鳴らし、ゆっくりと目を細める。

「おいっ、気を付けろ！　あれは危険だぞ！」

「あぁ、分かっている」

騎士と大剣使いは俺を挟み込むようにしてにじり寄ってくる。こちらの動き次第で対応の仕方を変えるつもりらしい。

グングニルを強く握り締め、片足を前に大きく踏み込んだ。

(距離は約二十メートル。まず外すことはないな)

二人が俺の行動の意図に勘付いた。先ほどまでの慎重さを捨てて急速に接近してくる。なるほど、攻撃直前の隙を狙うつもりなのか。

だが、全てが遅すぎる。俺は静かに微笑み、体内に沈殿する魔力をグングニルへ注ぎ込んだ。

「まずはお前だ」

強い光を発し始めたグングニルをそのまま肩に担ぎ、視線を大剣使いに固定する。さらに追加でスキルを発動して腕力を強化、対象を確実に葬《ほうむ》れるように威力を底上げした。

大剣使いは剣を盾にして猛進してくる。鬼気迫る雰囲気はまさに戦士と呼ぶに相応しいだろう。

大剣使いの素晴らしき愚直さを内心で褒め称える。

そして、俺は殺意を乗せた必殺の槍を投げ飛ばした。

「くっ……!」

流星の如く突き進むグングニル。

破壊の概念を宿したそれは、大剣使いが身を屈めたことによって避けられた。

大剣使いが不敵な笑みを俺に向けている。あれは自身の勝利を確信し、油断と慢心に憑《つ》かれた顔だ。

だから、俺は微笑み返してやった。

――グングニルが唐突に軌道を変え、大剣を振りかぶる彼の背中に刺さる様子を見つめながら。


【スキル〈投槍《ジャベリン》〉〈標的確定《ロックオン》〉を獲得しました】


グングニルを中心に閃光が弾けた。

眩い光が室内を照らし、次の瞬間には爆風で俺の体は壁に叩き付けられる。体を強打したせいか、呼吸をすることすら苦しい。

ふらつく頭を何度か振り、砂塵を払い落とす。

（これは完全にやりすぎたな。自分が負傷するとは情けない）

自らの過ちに苛立ちつつも、周辺の状況を確認する。

豪華な装飾付きの天井が崩落し、赤い絨毯《じゅうたん》の敷かれた床には大穴が空いていた。家財や調度品は残らず吹き飛ばされ、あちこちに瓦礫が散乱している。

勇者武器の威力を甘く見ていた。非常識な追尾性能だけに着目していたが、まさかここまでの威力とは。

（そうだ、やつらは……）

全身の痛みを無視して立ち上がる。

砂埃で視界不良の中、俺はスキルによる感知を開始した。

前方の壁際で瓦礫の山の下敷きになっている反応がひとつ。これは位置的にもおそらくあの騎士だろう。俺よりも近い場所で爆発を食らっていながら生存するとは、やはりしぶとい野郎だ。

部屋の奥のほうで蹲《うずくま》っているのは件の貴族だな。彼だけは結界に守られているので一切負傷していない。

もちろんそうして無事でいられる時間も残り僅かなのだが。

ちなみに、グングニルの直撃を受けた大剣使いは跡形もなく消滅していた。まあ、ある意味当然の結果なので特に驚きはない。

ガスマスクを着け直しつつ、凝り固まった首を鳴らす。

目的達成まであと一歩という所か。

「くっ、よくも私の仲間たちを……！」

最後の障害である騎士が憎々しげに叫ぶ。

彼は半壊した鎧を着込み、緩慢な足取りで瓦礫から這い出てきた。明らかに満身創痍といった有様だが、瞳から力は失われていない。まだ俺を殺すことを諦めていないようだ。

異常なまでの執念深さに苦笑しながら、俺はスキルを選択する。

その不屈の精神に免じて、楽に死なせてあげよう。

騎士に向けて手をかざして重力を操作し――

「!?」

突然の眩暈によって床に倒れ込んだ。

起き上がろうとしても手足に力が入らない。視界がぐらぐらと揺れ、酷い頭痛に襲われ始めた。

いきなり何だ。妙な術でも食らってしまったのだろうか。

上手く動かせない肉体に混乱し、同時に身の危険を察知する。

「魔力枯渇か……。今の一撃には、相応のリスクが、あったようだな」

朦朧《もうろう》とする意識の中で、辛うじて騎士の言葉を聞き取る。

騎士の言う通り、グングニルにかなりの魔力を使ったのがまずかったのかもしれない。それが原因となって一種の脱水症状のような状態に陥った、と。

推測が当たっているとすれば、笑えない冗談だ。これは前以《まえもっ》て知っておきたかった。

己の詰めの甘さと軟弱さを嘲笑する。

「どうやら、動けない、ようだな……。私の、勝ちだ」

不敵な笑みを浮かべる騎士が歩いてくる。

一歩一歩、確実に。剣の鞘を杖のようにして近付いてくる。途中で何度もこけそうになりながらも、静かな闘志を燃やして殺しにくる。

身体の奥底から悪寒《おかん》が込み上げてきた。

眼前の光景を目にして直感する。これが死の気配なのだと。振り向けばすぐそこに死神が佇んでいるような気がした。

徐々に暗さの増す視界に何の感情も湧かない。

（……いや、さすがに理不尽すぎやしないか？）

途切れる寸前だった思考に一欠片《ひとかけら》の意志が蘇《よみがえ》る。闇の渦中にぽつりと灯ったそれは、周囲を照らすようにして拡大していく。

（このまま終わっていいはずがないだろう？）

先に仕掛けてきたのはあちらなのだ。それなのに、なぜ俺が殺されようとしている。欲に塗《まみ》れた愚者に負けるなんて御免だ。

（俺はどうすればいい？）

そんなことは初めから決まっている。改めて自問するまでもない。

俺には力がある。それこそ、他を圧倒できるほどの。

俺には覚悟がある。それこそ、自分の命を懸けられるほどの。

俺には目的がある。それこそ、達成のために手段を選ばないほどの。

邪魔な思惑など、まとめてぶち壊してやればいい。敵対するのならば好きにすればいい。文句があるならかかってこい。

その時は徹底的に、躊躇なく、無慈悲に――

「殺してやるよ」

【スキル〈あふれ出る殺意〉〈生への渇望〉を獲得しました】

漲《みなぎ》る活力に任せて跳び上がり、音もなく床に着地する。先ほどまでの状態が嘘のように全身が軽い。今ならどんなことでもできそうだ。

数メートル先で固まっている騎士に笑いかける。

【スキル〈単純思考〉〈無防御〉を発動しました】

妙に冴え渡る脳内がどす黒い殺意に侵食されてゆく。理性という名の枷《かせ》が引き千切られ、本能が剥き出しになる。酷く高揚するその感覚は、今の俺にはただ心地よいものでしかなかった。

荒れ狂う気持ちを必死に抑えつつ、大きく一歩踏み出す。

「う、うわあああぁぁつ！」

動転した騎士が、いきなり殴り掛かってきた。

振り抜かれた鞘が俺の腹にめり込み、体内からめきりと鈍い音が響く。どうやら肋骨を何本か折られたらしい。

さらに騎士は短剣を俺の胸に突き立ててきた。柄まで沈み込んだ刀身は、骨肉を抉《えぐ》って心臓にまで達する。

短剣が引き抜かれると同時に血が噴き出し、俺と騎士を真っ赤に染め上げた。

「……それがどうした」

しかし、どちらの攻撃も俺にとっては些細なことだ。

騎士の片手を短剣ごと握り潰し、力任せに引き倒す。短い悲鳴が上がり、少量の血が飛び散る。


【スキル〈痛点麻痺〉〈自我なき暴走〉を獲得しました】


握り締めた拳を騎士の顔面に叩き落とす。肉の潰れる生々しい感触が伝わってきた。

間髪いれずに再度拳を振り下ろす。今度は少し硬い抵抗。

遠慮なく鉄槌をお見舞いする。意識が段々と薄れてきた。

渾身の力を込めての殴打。赤ばかりで何も見えない。

揺れる視界でもう一発。俺はいったい何をして……

◇　◆　◇　◆　◇

「ん？　ここは……」

濃厚な血の臭いで目が覚める。何故か俺は気を失っていたようだ。

素早く身を起こし、現状の把握に努める。

そこで、目の前に肉塊が落ちていることに気が付いた。一瞬これが何なのか理解できなかったが、どうやら変わり果てた騎士の死体らしい。表面に付着した鎧だったはずの金属片がなければ絶対に分からなかった。

そのあまりにも悲惨な末路には苦笑するしかない。

「ひぃ、この化け物め！」

装備の点検をしていると間抜けな罵声が聞こえてきた。

声のした方向を見ると、そこにはあの貴族の姿が。騎士が死んだために結界が解けたのだろう、情けない足取りで部屋の出口に向かっている。

無論、むざむざと退室を許す俺ではない。

手頃な大きさの瓦礫を引っ掴み、貴族目掛けて投げ付けた。ほぼ一直線に飛んだ瓦礫はハムのような太腿にぶつかり、無意味な逃走劇を未遂に終わらせる。ひび割れた床に激突した貴族は、叫びながらのたうち回った。

「うるさいな。少しは黙れよ」

醜い声が俺の神経を逆撫でする。

苛立ちを隠すことなく貴族の胸辺りを踏み付け、拾った短剣で肥えた腹を切り裂いた。上等そうな服に血が滲《にじ》み、悲鳴がさらに大きくなる。

不快指数が急激に高まったので、今度は〈発言遮断《シャットボイス》〉を発動して腹を殴った。声を失った貴族は目を見開き、口をぱくぱくと開閉させている。まるで空気を求める金魚のようだ。

その滑稽さを笑いつつ、チート本から特別な回復薬を取り出した。

「ほら、ちゃんと飲めよ」

逆さにした瓶を貴族の口に差し込む。中身の回復薬がみるみるうちに減っていき、やがて空になった。なかなかの飲みっぷりだな。

それから回復薬を追加で数本取り出し同じことを繰り返した。貴族が咽《むせ》て吐き出した分もきちんとやり直した。これで自然治癒力が一時的に上昇したはずだ。

逆手持ちの短剣を貴族の肩に突き刺す。傷口は刃を抜いた途端に治り始め、数秒後には完全に塞がってしまった。

「よし、準備万端だね。それじゃあ、楽しもうか……」

実験の結果に満足し、震える貴族を冷静に見下ろす。敵対した人間にはそれに見合ったお礼をしなければいけない。

ここで簡単に死なれては面白くないからな。


【称号〈慈悲なき処刑人〉〈拷問官〉を発動しました】

せっかくの最期なのだから、存分に「生」を味わってほしい。

◇◆◇◆◇

俺、アルバート・ラウーヤと、トエル・ルディソーナは館の周囲の見張りをしている。これは館からの脱走者を捕獲するためだ。ただ、この見張りを開始してからまだ一人の脱走者も出ていない。

この状態にさすがに飽きてきた頃、館のほうから誰かが接近してきた。

「あっ、ミササギさん！」

「おぉ、おまたせー」

「遅かったな、怪我はないか」

「大丈夫ですよ、ほらっ」

そう言ってミササギはその場で一回転した。服が多少汚れて破れているだけで、本当に無傷のようだ。以前模擬戦をしたときにも思ったが、こいつは何かしらの回復能力を持っている。さすがに無傷であの数を倒しきれるとは思えない。

「じゃあ、とりあえず三人で館の物を回収しに行きますか」

こうして俺たちも館内を探索することになった。

しかし、どの部屋もやけにすっきりしている。その理由を聞いてみると、もらえるものはすべて回収したそうだ。しかし、まだ高価な宝の類が見つかっていないらしい。

しばらくして、二階にある壁の裏に空間があることを発見した。そこには下へと続く階段があった。三人で地下への階段を下りていく。

階段の先には少し広めの空間があり、奥に頑丈そうな金属製の扉があった。

俺たちはここが何の部屋かを確信する。

21　隠し部屋の討伐報酬

「おぉ、すごい……」

「たくさんありますね!!」

「あの貴族はかなりの収集家だったようだな」

三人で、地下の隠し部屋で盛り上がる。

だって、保存されてるコレクションが予想以上にたくさんあったんですよ。そりゃ、テンションが上がってもしょうがないでしょう。

階段の先にあった地下室の扉は馬鹿みたいに頑丈だった。しかし俺とアルさんで無理やり破壊し、中に侵入した。

そこにあったのは、貴族のコレクションの数々である。武具だけでなく、絵画や薬品までその種類は多岐にわたった。もちろんすべてチート本で頂いた。

そしてうれしいことに、大量の文献も保管されていた。内容は難しくてよく分からないがとりあえず吸収しておく。時間があるときに確認しておこう。

「おい、ミササギ。こっちにも部屋があるぞ」

アルさんに従って別の部屋に移動する。その部屋からは妙な音が聞こえた。何かが動く音、呼吸をする音、そして会話をする音。恐る恐るドアを開けてみる。部屋の中にはたくさんの檻《おり》が設置されていた。中には魔物や亜人などが閉じ込められている。

「これはひどいな」

「もしかして奴隷ってやつですか」

「そうだろう。きっとここにいる者もすべて、コレクションのひとつだな」

あの貴族はどこまでも外道だったようだ。もしかしたらトエルもここに入れられていたかもしれないと思うと、腹が立ってきた。

とりあえず、危険な魔物は後回しにして亜人奴隷を解放する。なぜか〈罠解除《トラップキャンセル》〉を使ったら簡単に鍵が開いた。融通が利くのはいいことだと思う。

【スキル〈開錠〉を獲得しました】

一度、亜人たちに集まってもらう。数えてみると全部で十三人もいた。ちなみに顔がバレるのを避けるため、俺たちは三人ともガスマスクを装備している。

「えっと、この屋敷の主人は死んだから、君たちは自由になりました」

一応、ボイスチェンジャーを介した声で話しておいた。この人たちは解放するのだから、声とかでも覚えられたくないからな。しかし、亜人たちは不審の目を向けている。仮面をつけて変な声で話したら疑うのも当たり前だよな。

【スキル〈変声《ボイスチェンジ》〉を獲得しました】

〈変声《ボイスチェンジ》〉って何に使うんだろう。今回はたまたま使ったけど、日常や戦闘で全く使い道が思いつかない。もしかしたら初めてのネタスキル獲得かもしれないな。その後、数分間亜人たちと話し、四階の貴族の死体を見てもらい、納得してもらえた。そして最低限の食料と水、それに銀貨数枚をそれぞれに渡して亜人たちを見送った。彼らはそれぞれの集落に帰るそうだ。無事に到着できることを祈っておこう。

再び地下の檻の部屋に戻ってきた俺たちは、檻の中に残っている生き物について話し合った。

「この魔物ってどうしたらいいかな」

「可能なら殺したほうがいい」

「私もその意見に賛成です。野に放すのは危険すぎますからね」

二人によると、ここにいる魔物を倒せば経験値が手に入り、レアなドロップアイテムが入手できるから倒したほうがいいということらしい。

ということで、一匹残らず倒すことに決定した。

まずは一番近くの檻で暴れている巨大な虎みたいな魔物に近付く。こちらを見て唸っているが、所詮コイツは檻の中だ。こちらには手出しできない。

〈万有引力〉で負荷を掛けてやり、首の骨を粉砕すると、一度だけ唸った後、虎型の魔物は動かなくなった。こんな調子ですべての魔物を殺した。もちろん死体ごとチート本で収容済みだ。

館中の物を奪い尽くしたので館から出る。あんまり時間を掛けると誰かに見つかりそうで怖いし。館で気絶させている人たちもいつか起きるだろうからね。意気揚々と装甲車に乗り込み、アクセルを踏んで発進する。空はもう明るくなってきていた。

「そういえば、大会の予選が二日後にありますね」

「あっ、すっかり忘れてた。とりあえず、フーニンの丘に行こうか」

「そうだな、その後、近くで修業をしよう」

フーニンの丘に向かう途中、二人にも運転を教えた。なかなか苦戦しているようだが、二人とも平坦な道なら運転できるまでに成長した。いや、覚えるの早すぎじゃないか？　まあ、俺にとってもいいことなんだが。

それからは三人で交代しながら装甲車を運転して進む。俺は休憩の時はずっとチート本を読んでいた。最近、読書の機会がなくてどんどん読んでいない本が増えてきている。少しずつでも読んでいかなければ。

「うっ、気持ち悪……」

「大丈夫ですか!?」

「あっ、うん大丈夫……」

心配そうなトエルに、運転に集中するよう促す。

下を向いて本を読んでいたから酔ってしまった。すごく気分が悪い。酔い止めの薬を引用して呑んでおく。しばらくは横になっておこう……

「ミササギ、そろそろ起きろ。野営の準備をするぞ」

「えっ？　……あっ、寝てたんだ。すいません」

どうやら横になっているうちに寝てしまったらしい。でも、おかしい。装甲車で寝ているはずなのに後頭部が痛くない。不思議に思って目をこらすと、視界いっぱいにトエルの顔があった。

「っ!!」

「あ、もう大丈夫ですか？」

「ん、大丈夫。ありがとね」

トエルは俺に気を遣って膝枕をしてくれていたようだ。ここで動揺すると余計恥ずかしいので、なんでもないように体を起こす。

……よし、もう大丈夫だ。


【スキル〈冷静《クール》〉を獲得しました】


〈変声《ボイスチェンジ》〉に続き、変わったスキルが手に入った。スキルはあって困ることはないので別に構わないが。

装甲車から降りると、外はすでに暗かった。チート本で装甲車を回収し、三人で野営の準備を始める。ここは二人とも手慣れた感じですぐに終わらせてくれた。俺はというと、特にすることもなくぽつんと立っていた。道中もずっと寝てたしなんか申し訳ない。

夕食を俺が引用したものをみんなで食べる。今日のメニューは牛丼だった。二人とも気に入ってくれてよかったよ。その後は各々の自由時間とした。アルさんは鍛錬をしにどこかへ行ってしまい、トエルは何かをメモしている。俺は一人で実験を開始することにした。

【称号〈禁術師〉を発動しました】

【スキル〈精神集中〉〈魔石利用〉〈魔兵器作成〉を発動しました】

よし、主に必要な能力は発動させた。そしてチート本からチェイルを取り出す。近くにいたトエルは顔を上げてコチラを見ていた。

「ミササギさん、チェイルは……」

「うん、戦闘で魔石を損傷したんだ。それを今から直すよ」

そうなのだ。今、取り出したチェイルはピクリとも動かない。胸に大きな穴が空き、首の部分が大きくへこんでいる。あの近衛兵たちも派手にやってくれたな……

とりあえず、〈深淵に沈殿する黒鎧《アビスダークアーマー》〉だけを回収する。うわっ、心臓部にデカい傷ができている。本で調べたが、ゴーレムの修復方法なんてどこにも載っていなかった。普通は動かなくなったゴーレムは用済みになり、新しいゴーレムを作るそうだ。正直、チェイルには愛着が湧いてきているので、俺にはその選択肢を選ぶ気なんてないが。

【〈聖者のブレスレット：魔力潤沢〉を引用しました】

チェイルを造るときにも使った魔力量を増やす腕輪を再び引用する。それをはめて大量の魔力をチェイルの心臓に送り込むと、チェイルの体が小刻みに動き始めた。ちゃんと効果はあるようだ。さらに秘薬をいくつも引用し、ドボドボと傷口に注ぎ込む。秘薬を瓶三本分使ったところで変化が起きた。心臓部にできていた傷があっという間に塞がり、チェイルがむくりと起き上がったのだ。

「おぉ、チェイル！」

横で見ていたトエルも歓声を上げる。

「よかったですっ」

「………………」

チェイルは状況を理解していないようで首をかしげている。俺が今までの出来事を話すと、ちゃんと分かってくれたようだ。元気よく立ち上がった様子からしても、もう平気なのだろう。

「……ていうか、チェイル何か変わった？」

「あ、そういえば体色が変わりましたかね」

夜なので気のせいなのかもしれないが、チェイルの体色が濃くなっている。以前まで赤紫色だったのが、その色に黒も混ざったような色である。もしかしてあの黒い鎧を着せていたからかな。さりげなくレベルも5になってるし。

とはいえ、着々と強くなってくれてよかったよ。でもねチェイル。いくら復活がうれしいからって、俺とトエルに抱きつこうとするのはやめようか。普通に体中の骨がバッキバキになっちゃうよ。

本当ならこれで実験を終了してもよかったのだが、貴族の家で回収したものを使ってチェイルを改造しようと思う。

今回の材料は、地下の部屋で見つけた魔物の死体だ。貴族がコレクションにするだけあり、魔物図鑑に載っていないものもいた。たぶん突然変異した個体か、新種なのだろう。

まず、魔石がある心臓部には甲殻系の魔物を利用することにしようと思う。チェイルの背中に穴を空け、中にある魔石を覆うように甲殻を取り付ける。この辺りの作業も称号やスキルによる補助があるのでかなりスムーズに行うことができた。

しかも驚いたことに、俺が魔石の補強を完了して背中から手を引き抜いた途端、穴が塞がっていった。どうやらチェイルも俺並みに再生能力が上昇しているようだ。

こうして体中に魔物の死体による改造を施し、チェイルはまたもパワーアップを果たした。

【称号〈狂科学者《マッドサイエンティスト》〉を獲得しました】

チェイルをいじくるたびに危ない称号が増えていってるな。でも、便利そうだから気にしない。

それからはチェイルの性能確認で時間を潰した。

実験終了から約一時間後、ようやくアルさんが帰ってきた。アルさんはチェイルをじっと見ている。あれ、目が段々と好戦的になってますよ!?

「なあ、ミササギ。こいつと……チェイルと戦ってもいいか？」

「別にいいですけど、大丈夫ですか？」

「あぁ、汗は後で川にでも行って洗い流してくるよ」

誰も汗のことなんて気にしてませんから!! ダメだ、俺の真意に全く気付いてくれない。助けを求めたくてトエルのほうを見ると……

「アルさんはとても強いほうですからね。気を引き締めて頑張ってください」

うーん、トエルさんも何か違くないか？ それとも俺がおかしいのか。こうして俺の心配をよそに二人の戦いは始まろうとしていた。

22 深夜の戦い

俺の前に立っている巨大な黒い鎧を着た男はチェイルだ。

こいつはミササギが迷宮で手に入れた素材から製造した魔兵器らしい。

「お前は、もう準備はできているか？」

「…………」

チェイルは黙ってうなずいた。

さっそく戦闘態勢に入ったようだ。

こいつには下手な攻撃は効かない。魔力を伴う攻撃も無効だ。

敵としてはこれ以上ないまでに厄介だな。


【スキル〈剛力〉〈頑強〉を発動しました】


まず攻防ともに底上げし、バスタードソードで攻撃する。

狙うはチェイルの心臓。手加減は一切しない。

「なにっ⁉」

しかし俺の斬撃は、チェイルにバックステップで回避され宙を斬った。

ハンターという魔物は本来ここまでの敏捷性はなかったはずだ。以前のチェイルはこんな動きはしていなかった。まるで獣のような動きだったぞ。

ふとミササギのほうを見ると、悪戯が成功した子供のように笑っている。やはりお前の改造の結果か。

剣を振りぬいた俺にチェイルが殴り掛かってくる。しかし、動きは読めている。これくらいどうってことな……

「チッ……」

いきなり攻撃速度が上がった。振り下ろされた腕をバスタードソードで受け流す。かなりの衝撃が伝わってきたがなんとか直撃は免れた。ただのハンターと思っていると大怪我をするな。一度距離を取って剣を構え直す。

【スキル〈飛翔連斬《ひしょうれんざん》〉を発動しました】

剣を連続で振り、不可視の斬撃波を飛ばす。

この技は前衛職が獲得できる数少ない技であり、威力も高い。普通のハンターならそれなりに痛手を負わせられるはずだが。

「はぁ、どれだけタフなんだ……」

思わずため息を吐く。

斬撃を食らったチェイルは少しよろめいたようだが、首をかしげてこちらを見ている。ほとんどダメージがなかったようだ。

「…………」

どんな改造をしたかは知らないが、さすがに異常すぎる。

「くっ！」

反撃とばかりに音もなくチェイルが突進してきた。振り下ろされる拳に向け剣を振るう。拳と剣が衝突し、甲高い音と共に凄まじい重圧がかかる。

なんて破壊力だ……。このままでは押し負けてしまう。

【スキル〈窮地の底力〉〈怪力〉を発動しました】

筋力を強化するスキルを発動させ、徐々にチェイルを押し戻す。ここまでスキルを使用したのは久々だな。

【スキル〈鋼鉄の脚〉〈襲乱双脚《しゅうらんそうきゃく》〉を発動しました】

隙だらけの腹に高速の蹴りを二発放つ。さすがにこれは効いたようで、チェイルは前のめりになって体勢を崩した。そこに斬撃を叩きこむ。チェイルは砂煙を巻き上げながら地面を転がっていったが、すぐさまむくりと起き上がった。

どこまでも頑丈なやつだ。

「おぉ、立ち上がった！」

「さすがですね！」

ミササギたちも盛り上がっているようだ。二人が手に持っているのは飲み物か？　完璧に俺たちの戦いを楽しんでるな。

（あれを発動するか……）

本当は使うつもりはなかったが仕方ない。夜限定で発動可能なこの能力は、俺の持つスキルや称号の中でも圧倒的に強い。

こちらに近付いてくるチェイルを見据えながら、ある能力を発動させる。

【称号〈血に染まりし亜狼〉を発動しました】

全身が燃えるように熱くなってきた。他者の血液を激しく求めている。これほどまでに気分が高揚するのも初めてかもしれない。

バスターソードを仕舞い、破壊力強化の指輪を装備しておく。この指輪自体が頑丈なので、拳での打撃はかなりの威力を発揮する。

【スキル〈戦闘本能〉を獲得しました】

あぁ、久しぶりに戦闘中にスキルを獲得したな。

さっそく発動させる。体がさらに熱くなってくる。これは気分がいい。チェイル、お前ならこの攻撃にも耐えられるよな……

【スキル〈疾走〉を発動しました】

一瞬でチェイルの背後に回り込み、背中に拳を叩きつける。かなりの衝撃だったはずだが、チェイルは振り返って反撃してきた。それを避けつつ、腕を掴んで動きを阻害する。そのまま顔面に飛び膝蹴りを放った。黒い兜《かぶと》が大きく歪む。さらにもう一撃加えようとしたとき――

「ぐっ……！」

チェイルの兜から何かの気体が漏れてきた。接近していた俺はそれをまともに吸ってしまい、その直後体に力が入らなくなった。

くそっ、麻痺系の気体か。

チェイルは動けなくなった俺の体を宙高く持ち上げ、そのまま地面に投げ落とす。幸い骨は折れていないものの、かなりのダメージを負ってしまった。

体に上手く力が入らない。

【スキル〈体内浄化〉を発動しました】

〈体内浄化〉は状態異常の多くをすぐに治療できる。感覚が戻ってきた足を動かして迫りくる踏みつけを躱《かわ》す。今のを食らっていたら重傷だった。ミササギはチェイルに模擬戦の意味を教えているのだろうか。

素早く起き上がり、チェイルを観察する。ここまでの攻撃で多少はダメージを食らっている様子だ。戦闘技術は拙《つたな》いようなので、そこを狙おう。

【称号〈戦闘狂《バトルジャンキー》〉を獲得しました】

そう、戦いはまだまだ始まったばかりだ……

23　人の集まる丘

「二人ともすごかったよ。迫力とかヤバかったし……」
「観戦していた私たちにも熱気が伝わってきましたよ！」

「本当はあの後、お前とも戦う予定だったんだがな……」

「えっ⁉」

野営の準備が終わった後、アルさんとチェイルの模擬戦が始まったが、あれはもう模擬戦と言えるものではなかった。だって一歩間違えれば死者が出てたよ？

そんな戦いが何時間も続き、最終的に勝ったのはアルさんだった。ちなみに、模擬戦の損傷のおかげでチェイルはまた修理する羽目になった。


【スキル〈修理〉〈治療〉を獲得しました】


チェイルのついでにアルさんの怪我も手当てしたら、二つもスキルが手に入った。〈治療〉は回復魔法とは別物らしく、効果は一般的な回復魔法に比べると劣るそうだ。

何気に大会の予選が明日に迫ってきていた。

さっそく装甲車に乗り込み、しばらく進んでいくと三時間ほどで無事フーニンの丘に到着した。すでにかなりの数の予選参加者が集っており、丘の周辺には屋台やテントがたくさん建てられている。なんかお祭りって感じだな。きっと明日はさらに盛り上がるのだろう。

その後、丘から少し離れた場所で一夜を明かし、ついに予選当日を迎えた。

「ミササギ、もう朝だぞ。そろそろ起きろ」

「んー、眠たい……。もう少しだけ寝かせゴフッ」

「ミーササーギさんっ！　今日は予選がある日ですよ！」

なんかよく分からないが、トエルが寝ている俺の上にダイブしてきた。

彼女は華奢なので体重も軽いはずだが、飛び乗られたりするとそれなりの衝撃が襲ってくる。この肉体には防御力が不足しているんだよな。

朝食をパパッと済まし、丘に向かって歩き出す。

「うわっ、すごい人だなぁー」

「昨日よりも増えていますね」

「観戦目的のやつらも多いからな」

丘の上はとても混雑していた。俺はこういう人ごみがすごく嫌いなんだけどな。

何度も人にぶつかりながら歩き、受付にたどり着く。

それにしても、周りの人たちの雰囲気がスゴい。険しい顔をして周囲を威圧している者もいれば、大声を上げながら酒を飲んでいるお祭り気分なやつもいる。

（いよいよ始まるのか……）

ふと我に返って、ここまでの道中を振り返る。

これまで刺激的な出来事が多すぎた。日本では味わえなかったであろう体験ばかりである。

そして、俺の第六感が告げる。

これからもきっと波乱の日々が待っているだろう、と。

何度も命の危機に晒されるのは御免だが、異世界での旅は案外悪くない気もする。

そんなことを考え、彼方まで続く青い空を見上げた。

大人気小説続々コミカライズ!!

アルファポリスCOMICS 大好評連載中!!

ゲート

漫画：竿尾悟　原作：柳内たくみ

20××年、夏―白昼の東京・銀座に突如、「異世界への門」が現れた。中から出てきたのは軍勢と怪異達。陸上自衛隊はこれを撃退し、門の向こう側である「特地」へと踏み込んだ――。超スケールの異世界エンタメファンタジー!!

Re:Monster

漫画：小早川ハルヨシ
原作：金斬児狐

●大人気下克上サバイバルファンタジー！

とあるおっさんのVRMMO活動記

漫画：六堂秀哉
原作：椎名ほわほわ

●ほのぼの生産系VRMMOファンタジー！

地方騎士ハンスの受難

漫画：華尾ス太郎
原作：アマラ

●元凄腕騎士の異世界駐在所ファンタジー！

スピリット・マイグレーション

漫画：茜虎徹
原作：ヘロー天気

●憑依系主人公による異世界大冒険！

THE NEW GATE

漫画：三輪ヨシユキ
原作：風波しのぎ

●最強プレイヤーの無双バトル伝説！

EDEN エデン

漫画：鶴岡伸寿
原作：川津流一

●痛快剣術バトルファンタジー！

勇者互助組合 交流型掲示板

漫画：あきやまねねひさ
原作：おけむら

●新感覚の掲示板ファンタジー！

物語の中の人

漫画：黒百合姫
原作：田中二十三

●"伝説の魔法使い"による魔法学園ファンタジー！

強くてニューサーガ

漫画：三浦純
原作：阿部正行

●"強くてニューゲーム"ファンタジー！

白の皇国物語

漫画：不二まーゆ
原作：白沢戌亥

●大人気異世界英雄ファンタジー！

アルファポリスで読める選りすぐりのWebコミック！

他にも面白いコミック、小説などWebコンテンツが盛り沢山!

無料で読み放題!

今すぐアクセス! ▶ アルファポリス 漫画 検索

アルファポリスで作家生活!

新機能「投稿インセンティブ」で報酬をゲット!

「投稿インセンティブ」とは、あなたのオリジナル小説・漫画を
アルファポリスに投稿して報酬を得られる制度です。
投稿作品の人気度などに応じて得られる「スコア」が一定以上貯まれば、
インセンティブ=報酬(各種商品ギフトコードや現金)がゲットできます!

さらに、人気が出ればアルファポリスで出版デビューも!

あなたがエントリーした投稿作品や登録作品の人気が集まれば、
出版デビューのチャンスも! 毎月開催されるWebコンテンツ大賞に
応募したり、一定ポイントを集めて出版申請したりなど、
さまざまな企画を利用して、是非書籍化にチャレンジしてください!

まずはアクセス! アルファポリス 検索

― アルファポリスからデビューした作家たち ―

ファンタジー

柳内たくみ
『ゲート』シリーズ

如月ゆすら
『リセット』シリーズ

恋愛

井上美珠
『君が好きだから』

ホラー・ミステリー

相本孝思
『THE CHAT』『THE QUIZ』

一般文芸

秋川滝美
『居酒屋ぼったくり』
シリーズ

市川拓司
『Separation』
『VOICE』

児童書

川口雅幸
『虹色ほたる』
『からくり夢時計』

ビジネス

佐藤光浩
『40歳から
成功した男たち』

結城絡繰（ゆうきからく）
兵庫県在住。アイス好きな猫派の人。2013 年よりウェブ上にて「the quoter ～本一冊で事足りる異世界流浪物語～」の連載を開始。多く読者から支持を集め、2015 年改題を経て同作にて出版デビューを果たす。

本書は、「小説家になろう」（http://syosetu.com/）に掲載されていたものを、改稿のうえ書籍化したものです。

本一冊《ほんいっさつ》で事足《ことた》りる異世界流浪物語《いせかいるろうものがたり》

結城絡繰（ゆうきからく）

2015年 5月 31日初版発行

編集－芦田尚・宮坂剛・太田鉄平
編集長－塙綾子
発行者－梶本雄介
発行所－株式会社アルファポリス
〒150-6005 東京都渋谷区恵比寿4-20-3 恵比寿ｶﾞｰﾃﾞﾝﾌﾟﾚｲｽ5F
TEL 03-6277-1601（営業） 03-6277-1602（編集）
URL http://www.alphapolis.co.jp/
発売元－株式会社星雲社
〒112-0012東京都文京区大塚3-21-10
TEL 03-3947-1021
装丁・本文イラスト－前屋進
装丁デザイン－下元亮司
印刷－中央精版印刷株式会社

価格はカバーに表示されてあります。
落丁乱丁の場合はアルファポリスまでご連絡ください。
送料は小社負担でお取り替えします。

ISBN978-4-434-20663-4 C0093